AF271871

Herstellung und Verlag:
Books on Demand GmbH, Norderstedt
ISBN 978-3-8370-4980-0

Franziska, eine mitten im Leben stehende geschiedene Mitfünfzigerin, leidet unter dem unangenehmsten Kollegen der Welt. Nur Ihr Hobby „ägyptische Geschichte" lenkt sie in ihrer Freizeit vom täglichen Ärger ab. Eines Abends kommt ihr die verrückte Idee, sein Leben möglichst elegant vorzeitig zu beenden. In dieser außergewöhnlichen Situation trifft sie auf den attraktiven Kriminalbeamten Omar Khaled...

Ute Anwer

Unsere eigene Gerechtigkeit

Gerade noch rechtzeitig kam sie zur Beerdigung am Friedhof der kleinen Taunusgemeinde an. Sie wollte ursprünglich mit einer Kollegin zusammen mit der S-Bahn fahren und hatte sich nicht um die Fahrtzeiten gekümmert.

Die Kollegin hatte sich kurzfristig entschlossen, doch nicht den weiten Weg auf sich zu nehmen, und so war sie als letzte bei der Trauerfeier eingetroffen. Das mitgebrachte Blumengesteck hatte ein wenig durch die Fahrt gelitten und Franziska zupfte ein wenig nervös daran herum.

Es war eine kleine Trauergemeinde und außer ihrem Chef und ihr war keiner der Kollegen erschienen. Warum auch – der Chef kam aus Gründen der Höflichkeit und Franziska hatte doch ein klein wenig ein schlechtes Gewissen und erwies ihm daher die letzte Ehre.

Robert Schneider war nur 40 Jahre alt geworden – er war plötzlich an seinem Schreibtisch zusammengebrochen und an Herzschwäche verstorben – so glaubten es zumindest alle anderen und zum Glück auch die ermittelnde Polizei.

Robert war ein Einzelgänger und neurotisch. Er schaffte es alle erdenklich unangenehmen Eigenschaften die ein Mensch nur besitzen konnte in sich zu vereinen. Im Kollegenkreis wollte keiner mit ihm auch nur in einem Zimmer sitzen, so wechselten die Zimmerkollegen immer recht schnell bis zu dem Tag an dem Franziska in dieser Abteilung ihre Arbeit aufnahm.

Franziska war 56 Jahre alt, obwohl sie nach der Scheidung schon 17 Jahre alleine lebte, war sie keinesfalls verbittert oder einsam. In ihrem Bekanntenkreis galt sie als fröhliche, lebhafte und mit sich und ihrem Leben zufriedene Frau in mittleren Jahren. Für ihr Alter sah sie noch gut aus. Sie hatte einen großen Freundeskreis und vielfältige Interessen, war 3-fache Oma und freute sich schon auf den Ruhestand.

Ihre Probleme begannen genau an dem Tag als sie das Zimmer mit diesem merkwürdigen Kollegen teilen musste. Einen Menschen wie ihn hatte sie in ihren ganzen 56 Jahren noch nicht getroffen. Mittelgroß, etwas rundlich, Glatze und ein nichtssagendes Gesicht – das war Robert.
Seine Stimme hatte einen unangenehmen Unterton, es schwang eine permanente Aggressivität darin. Robert war ein Menschenhasser, egal ob politische Parteien-Interessengruppen (außer seinen geliebten Tierschutzorganisationen) keiner fand Gnade vor seiner Kritik. Kurz gesagt er war eine Zumutung für

alle.

Die Kunden bediente er stets langsam dafür aber unfreundlich – jegliche Mehrarbeit lehnte er ab. Sein einziges Interesse fand das Internet und hier gezielt „ wikipedia". Hier konnte er sich stundenlang beschäftigen und das höchste Glück war für ihn eine Seite mit Modellautos. Die Arbeit reizte ihn weniger und so kam es, dass jeder Arbeitstag mit ihm langsam für sie zu Hölle wurde.

An einem regnerischen Samstagnachmittag saß Franziska gemütlich in eine warme Decke eingehüllt auf ihrem alten Sofa und trank einen Tee mit einem kleinen Schuß Rum. Hierbei kamen ihr immer die besten Ideen : zum Einen wurden die Entscheidungen über eine mögliche Renovierung der Wohnung oder nur ein anstrengendes Umstellen der Möbel ins Auge gefasst, aber an diesem Tag überlegte sie, wie sie es anstellen könnte diesen verhassten Robert loszuwerden. In ihrem Alter war eine Versetzung in eine andere Abteilung schwierig. Er selbst würde niemals freiwillig diesen Platz wechseln wollen.

Die Vorstellung jedoch noch mindestens 4 Jahre tagein tagaus mit diesem Mann zusammenzusitzen deprimierte sie unendlich. Er sprach zwar immer mal wieder davon, dass er sich bald aufgrund einiger früherer Erkrankungen pensionieren lassen wolle, aber die zu erwartende Pension war mit seinen 40 Jahren sicher nicht sehr hoch.

Plötzlich kam ihr nach einem Blick in das Fernsehprogramm des Abends – es liefen 2 spannende Krimis – die Idee ihn einfach umzubringen.

Es konnte doch nicht so schwer sein, einen gut überlegten Mord zu begehen.

Natürlich durfte er dabei nicht lange leiden, und es sollte keinesfalls etwas Blutrünstiges, Brutales passieren. Hierzu musste man sich eben sorgfältig informieren. Franziska konnte sich beim besten Willen nicht vorstellen, dass es auch nur einen Menschen geben würde, der diesen Tod bedauern würde.

Nein das könnte sie nicht. Man durfte nicht einem Dritten Menschen oder sogar evtl. Angehörigen Schmerzen bereiten.

Aber Robert war alleinstehend – er hatte keinerlei Familie und auch – da war Franziska völlig sicher – keinerlei Freunde. Es würde ihn wirklich niemand vermissen, im Gegenteil es gab bestimmt 8 Menschen, die über sein frühes Dahinscheiden sehr glücklich wären.

Langsam stand sie nachdenklich auf und holte sich in der Küche eine weitere Tasse Tee. Schon alleine die Vorstellung, er wäre nie mehr in ihrer Nähe, hatte etwas ungemein Beruhigendes.

Laut lachend ging sie mit der Tasse wieder zu ihrem Sofa: konnte es sein, dass sie vielleicht schon ein wenig wunderlich wurde? Nein, warum sollte sie diese Idee eigentlich nicht umsetzen. Es war eine belebende Vorstellung, alleine ein solches Unternehmen zu planen und später in die Tat umzusetzen.

Aber wie brachte man denn einen Kollegen um, ohne dass es während des Arbeitstages im Büro den Anderen auffallen würde? Vielleicht wäre ein Gift möglichst schnellwirkend die Lösung. Sie musste es ihm irgendwie verabreichen, ohne dass es jemand mitbekam.

Vielleicht wäre es auch sehr günstig wenn sie ihm während seines Dahinscheidens gegenübersaß, wenn dann ein Arzt kam um nach ihm zu sehen, war sie garantiert so aufgeregt, dass sich auch um sie ein Arzt würde kümmern müssen.

Ihre Träumereien wurden durch das Telefon unterbrochen. Am anderen Ende war eine frühere Kollegin, eine begeisterte Hobbygärtnerin, die stundenlang von ihren gärtnerischen Erfolgen berichten konnte. Und auch heute würde sich das Gespräch garantiert um dieses Thema herum aufbauen.

Hallo Franzi, wie geht es Dir denn so? Ich hoffe, ich störe Dich nicht bei der Hausarbeit? Stell Dir doch mal vor, ich rechne damit, dass dieses Wochenende meine Königin der Nacht blühen wird. Es werden ca. 19 Blüten sein. Wie wäre es, hättest Du nicht Lust vorbeizukommen, in den vergangenen Jahren hatte ich immer einige Gäste zu diesem Ereignis eingeladen und wir konnten wunderschöne Fotos aufnehmen.

Franziska wollte zunächst absagen, denn sie hatte

keinen besonderen Bezug zu Pflanzen. Und ihre Kenntnisse waren auf diesem Gebiet sehr eingeschränkt. Sicher konnte sie nur Rosen, Tulpen, Nelken, Gänseblümchen, Orchideen und Kakteen voneinander unterscheiden. Alle anderen Blumen und Pflanzen waren für sie nur schön und grün.

Doch da kam ihr die Idee, dass es ja auch giftige Pflanzen geben müsse, vielleicht war es gar nicht so schlecht diese Einladung anzunehmen. Es würde sich doch bestimmt eine Gelegenheit ergeben um unauffällig nach den verschiedensten Pflanzen zu fragen. Rosemarie, so hieß die Hobbygärtnerin wäre sicher begeistert einmal ausführlich über ihre geliebten Blumen und Grünpflanzen sprechen zu können.

Gerne Rosi, das ist ja eine nette Idee, dass Du mich einladen willst um die Blüte Deiner Königin der Nacht mit zu erleben. Kommen denn viele Leute, bzw. wann soll ich denn genau bei Dir sein? Soll ich vielleicht einen Kuchen backen, oder etwas Käsegebäck? Es freut mich, Dich mal wieder zu treffen.

Sie plauderten noch eine Weile über - natürlich wie könnte es auch sonst sein – alle erdenklichen Pflanzen, Veredlungsvorgänge und Neuzüchtungen. Franziska bemühte sich zum ersten Mal etwas Interesse zu zeigen und das Gespräch vorsichtig in Richtung giftiger Pflanzen zu lenken.

Sag mal Rosi, hast Du denn gar keine Angst um Deine Katze bei all den Pflanzen, die in Deinem Haus und Garten so rumstehen? Ich habe gerade von meiner Nachbarin gehört, dass sie alle giftigen

Pflanzen aus ihrem Haushalt entfernen will, da sie schwanger ist und Angst um das Kind hat. Ich habe ehrlich gesagt keine Ahnung von solchen Dingen und habe mir auch früher als meine Kinder klein waren keine Gedanken gemacht. Aber jetzt habe ich schon mal überlegt ob ich nicht einige Grünpflanzen entfernen muss, wenn die Kleinen kommen. Leider habe ich überhaupt keine Ahnung, wie meine Grünpflanzen heißen, geschweige denn ob von denen irgendwelche giftig sein könnten. Ich bin schon glücklich wenn bei mir irgendetwas überlebt.

Keine Panik Franziska, wenn Du möchtest komme ich demnächst mal bei Dir vorbei und werde Deine Grüne Pracht begutachten. Aber mach Dir keine Gedanken, Deine Enkel sind doch nicht mehr so klein, mit den Kindern kann man doch schon vernünftig reden. Und glaub mir, es gibt nur ganz wenige Pflanzen die wirklich hochgiftig sind.

Franziska war stolz auf sich, sie hatte Rosi hoffentlich unauffällig auf ein neues Thema gebracht, welches sie bei ihrem Besuch am Wochenende zur Blütenfeier der Königin der Nacht hoffentlich noch vertiefen konnte.
Wichtig war doch eigentlich nur, dass sie sich schnellstmöglich umfangreiche Kenntnisse über giftige Zimmerpflanzen besorgte.
Jedoch wollte sie keinesfalls irgendwelche Internetrecherchen von ihrem eigenen Computer betreiben, auch aus der Bibliothek konnte sie sich keine Bücher ausleihen. Das bedeutete sie würde in der nächsten Zeit einige Stunden in Büchereien mit

lesen verbringen.

Es war sicher wichtig schon im Vorfeld keinerlei Spuren aufzubauen!

Sie wollte für alle anderen im Büro nur die nette ältere Kollegin sein, die vom baldigen Ruhestand träumte.

Der restliche Abend verlief nach diesem anregenden Gespräch sehr beruhigend für sie. Es war dieses angenehme Gefühl sich nicht länger einer unbefriedigenden Situation aussetzen zu müssen. Nein, ab heute wollte sie aktiv in das Geschehen eingreifen. Es konnte doch einfach nicht sein, dass ein einzelner widerwärtiger Mensch ihr das Leben für die nächsten Jahre so schwer machen sollte. Es war jetzt wirklich an der Zeit zu Handeln.

N ach einem Blick auf die Wanduhr gegenüber ihres Sofas, beschloss Franziska noch für eine Stunde in ihr Arabisch-Lehrbuch zu schauen. Sie hatte vor einem Jahr nach einem Ägyptenurlaub begonnen arabisch zu lernen. Es war verflixt schwer mit einer vollkommen anderen Schrift zurechtzukommen. Das Sprechen fiel ihr wesentlich leichter als das Schreiben, sogar lesen konnte sie mittlerweile halbwegs flüssig. Ihr Interesse galt seit vielen Jahren der ägyptischen Geschichte und da war ihr Lebenstraum, einige Monate des Jahres in Luxor zu verbringen, nur mit ausreichenden Sprachkenntnissen zu verwirklichen. Die Rente rückte endlich näher und nun fehlten nur noch die Sprachkenntnisse. Der Volkshochschulkurs war relativ preiswert und seit fast einem Jahr verbrachte sie zwei Abende in der Woche in einem kleinen Klassenzimmer mit einer Gruppe von 12 Leuten, welche aus den unterschiedlichsten Gründen arabisch lernen wollten.

Franziska hatte sich angewöhnt kleine private Notizen auf ihrem Schreibtischkalender in arabisch zu notieren. Es hatte den Vorteil, dass außer der Putzfrau keiner der Kollegen etwas davon lesen konnte, außerdem steigerte es ihr Selbstbewusstsein, wenn sie die kleinen Notizen während der Arbeitszeit immer wieder ansehen konnte.

Aber heute wollte es ihr nicht gelingen, sich auf die neue Lektion zu konzentrieren. Immer wieder schweiften die Gedanken zu Robert Schneider und seinem hoffentlich baldigen Ende ab.

Vielleicht sollte Sie morgen nach Dienstschluss doch einmal ein Internet-Cafe aufsuchen, möglichst in der Bahnhofsgegend, denn dort waren mehrere Call-Shops mit Internetanschluß und dort würde sie garantiert keinem ihrer Bekannten und Kollegen begegnen.

Der nächste Morgen im Büro begann wie jeder Werktag, an dem Robert anwesend war .Auf ihr kurzes *Guten Morgen* folgte von ihm nur ein mürrisches *Morgn* . Nachdem Franziska ihr Frühstück ausgepackt hatte, kam sein großer morgendlicher Auftritt. In allen Einzelheiten schilderte er seine Verdauungsprobleme, jammerte über die Berge von Arbeit und wandte dann ganz entspannt seine Aufmerksamkeit wieder dem Internet zu.

Sein Arbeitstag begann um 06.30 Uhr und sein erster Blick auf die anliegende Arbeit erfolgte allerdings erst nach dem ausführlichen Frühstück und Zeitungsstudium – also so gegen 11.00 Uhr.

Um ihm bei seiner unappetitlichen Nahrungsaufnahme nicht mehr zusehen zu müssen, hatte sie sich kurzerhand einen großen stacheligen Kaktus für den Schreibtisch gekauft und diesen genau dort platziert, wo nunmehr keine direkte Sicht mehr auf ihn möglich war. Der Arbeitstag verlief wie immer, er nörgelte an allem und jedem herum, sah ein klein wenig eklig aus, wenn er an seinem Schreibtisch mit geöffnetem Reißverschluss seiner vergammelten Jeans Platz nahm, und noch schlimmer wenn er durch die Räume lief und jeder befürchtete, dass seine Jeans langsam aber sicher den Halt verlor und bis zu den Waden herabrutschen würde.

Gegen Mittag begann dann die Zeit in der Franziska in immer kürzer werdenden Abständen auf die Uhr im Computer schaute und hoffte er möge wenigstens an diesem einen Tag doch früher nach Hause gehen.

Die Zeit zog sich wie Kaugummi und sie konnte kaum noch den Blick von der Uhr wenden.

Endlich war es 17.00 Uhr und sie stürmte aus dem Büro um die nächste Straßenbahn Richtung Bahnhofsviertel zu erreichen. Es war nur eine kurze Fahrzeit und auf engstem Raum waren mehrere Internetcafes zur Auswahl.

Franziska schaute unsicher in die ersten beiden Cafes und entschied sich dann für einen Besuch im ersten

Call- und Internetshop. Ein ungemütlicher Raum, aufgeteilt in kleine Bildschirmplätze jeweils durch eine kleine Trennwand unterteilt, sollte ihr auf dem Weg zu einem unbeschwerten Alltag verhelfen.

Schnell fand sie im Internet einige Seiten über giftige Grünpflanzen. Die lateinischen wie auch die deutschen Namen sagten ihr allerdings nicht viel. Da kam ihr die Idee sich Bilder der einzelnen Pflanzen aufzurufen.
Nach einigem Suchen entdeckte Franziska einige Bilder der Dieffenbachia- Pflanze. Endlich, das war doch eine Pflanze die sie schon in einigen Büros und Wohnungen gesehen hatte.
Jetzt konnte die Planung wirklich beginnen, keinesfalls wollte sie aber überstürzt handeln.
Am Wochenende wollte sie in einen Baumarkt fahren und versuchen einige größere Pflanzen zu einem günstigen Preis zu erstehen.

Und dann lieber Robert begann das Ende Deiner irdischen Zeit näher zu kommen.

Glücklich so schnell fündig geworden zu sein, surfte sie noch ein wenig auf den Seiten einiger Reiseveranstalter und träumte sich in den nächsten Urlaub hinein. Nach einer guten Stunde beendete Franziska die Internetreise und eilte nach Hause zurück.
Ganz wichtig für die Planung war sicherlich, keinerlei schriftliche Aufzeichnungen zu fertigen. Sie hatte

ausreichend Zeit und wollte und durfte keinen Fehler machen.

Die nächsten Tage vergingen wie im Fluge – etwas Wunderbares war geschehen: Robert war krank!!!
Er war oft krank und dann glücklicherweise meist mindestens zwei Wochen nicht im Büro. So konnte Franziska die Umgestaltung des Büros in Ruhe vornehmen.
Zunächst dekorierte Sie mit Hilfe ihrer Kollegin Johanna einige Bilder von David Roberts, einem Engländer der im 19. Jahrhundert wunderschöne Aquarelle in Ägypten gemalt hatte, überall im Raum.
Schon am nächsten Tag kam sie am Morgen mit einem Car- Sharing Fahrzeug ins Büro. Fünfmal musste sie den Weg vom Hof zum Aufzug zurücklegen, bis sie alle Pflanzen nach oben gebracht hatte.
Es war ein teurer Spaß geworden als sie im Gartencenter eingekauft hatte.
Zwei große Palmen, sechs Dieffenbachia-Pflanzen , zwei große Benjamini-Bäume, vier mittelgroße verschiedene Kakteen, und einige Lucky-Bamboos .
Der ganze Einkauf hatte Franziska stolze 385,- € gekostet. Ein Wahnsinn sicherlich- aber sollte sie vielleicht eine geklaute Waffe am Hauptbahnhof kaufen? Nein, diese Investition war eine Investition in eine ruhige und angenehme Zukunft – und außerdem sah das Zimmer tatsächlich wesentlich gemütlicher aus.
Als gute Kollegin, hatte sie beschlossen, die Lucky

Bamboos unter den Kolleginnen zu verteilen. Da es noch sehr früh am Morgen war, hatte sie ausreichend Zeit Leah , Annika, Johanna und Kathi jeweils einen Lucky Bamboo mit dazu passender Vase auf den Schreibtisch zu stellen.
Sicherlich würden sich alle vier über diesen kleinen Gruß freuen.

S ie hatte keine Ahnung wie lange es nun dauern könnte, bis man endlich die ersten Tropfen dieser Pflanze in einem kleinen Fläschchen auffangen und zu Hause einfrieren könnte .Jeden Abend war sie nun fleißig am Tropfen auffangen. Es waren doch erstaunlich wenige Tropfen die sich an den einzelnen Pflanzenzweigen bildeten.
Hoffentlich verlor das Gift nicht seine Wirkung durch das einfrieren und auftauen. Aber das würde sich dann spätestens in zwei oder drei Monaten zeigen.
Doch zunächst war es wichtig eine neue Schublade für den Tiefkühlschrank zu besorgen, keinesfalls sollte man in ihrer Wohnung Spuren des Pflanzengiftes finden können. Beim jährlichen entrümpeln des Küchenschrankes hatte sie glücklicherweise noch kleine Gewürzdosen gefunden, welche sich hervorragend zum Einfrieren und zum Transport eignen würden.

Die nächsten Tage und Wochen war Franziska damit beschäftigt in der Mittagspause bzw. kurz vor Feierabend die kleinen Tropfen aufzufangen, die kleine Dose gut zu verschließen und abends einzufrieren. Wie sich so langsam herausstellte, war es ein etwas mühsames Unternehmen. Aber wie sagte ihr Arabischlehrer immer: *Wartest Du.*

Überhaupt entwickelten sich ihre Sprachkenntnisse in der letzten Zeit erstaunlich gut. So konnte Franziska schon mit wenigen Hilfen einfache Texte alleine lesen und schreiben und sogar übersetzen. Die Gruppe der anderen Schüler war etwas geschrumpft und so machte es auch mehr Spaß im kleinen Kreis zu lernen. Ihre neueste Errungenschaft, eine weitere SAT-Schüssel zum Empfang verschiedenster arabischer Sender machte sich so langsam bezahlt. Die unzähligen ägyptischen Liebesfilme oder Daily-Soaps konnte man zur Not auch ohne perfekte Sprachkenntnisse genießen. Teilweise waren auch Nachrichtensendungen interessant – aber wie sich dann meist im Vergleich mit den deutschen Nachrichtenmagazinen herausstellte – hatte Franziskas Phantasie völlig neue politische und wirtschaftliche Zusammenhänge erstehen lassen.
Um es auf den Punkt zu bringen – das mit den Al-Jazeera-Nachrichten würde sie doch lieber noch einige Jahre verschieben müssen.

Stattdessen versuchte sie sich an einigen typisch ägyptischen Gerichten, die sie in ihrem neuen

Kochbuch gefunden hatte. Es war ein Weihnachtsgeschenk der Enkelkinder gewesen.

So waren die Abende gut ausgefüllt, und bei einem orientalischen Abend mit einigen Freundinnen konnte sie wieder Kraft tanken um die lange „ Dieffenbachia-Wartezeit " entspannt zu überstehen.

Neun kleine Dosen standen schon im Tiefkühlschrank und sie hatte keine Ahnung wie viele sie noch sammeln wollte. Ihre Glückszahl war die 22 und nach ihren Berechnungen war es dann in etwas mehr als zwei Wochen soweit.

Am Wochenende sollte dann die Auftauaktion beginnen und das umfüllen in ein etwas größeres Gefäß.

Die Warte-und Sammelzeit verlief ähnlich erwartungsvoll wie die Adventszeit. Man freute sich auf Weihnachten und die Besuche und Geschenke aber auch die Adventszeit selbst bot immer wieder kleine Freuden und Belohnungen an.

Sie überwand sich selbst und ertrug die täglichen Jammereien und Unfreundlichkeiten mit der Gewissheit, dass es nicht mehr lange dauern würde bis die Erlösung kam.

Sogar seine hypochondrischen Anwandlungen ertrug sie in dieser Phase erstaunlich gut.

Man überlege nur einmal, der arme Kerl versuchte monatelang einen Arzt zu finden, der ihm eine Rheuma-Erkrankung bestätigen würde, doch trotz intensivster Untersuchungen und Tests kam nur die niederschmetternde Diagnose : er war gesund.

Dann begann er ganze vier Monate lang, ein Herzleiden zu finden. Doch auch die Besuche und Untersuchungen von mehreren Kardiologen verliefen leider ergebnislos. Die Rettung schien zu nahen als er eine Lebererkrankung vermutete, doch auch die war frustrierender Weise nicht zu belegen.

Die allerneueste Besorgnis waren nun Gallensteine, selbst diagnostiziert, mussten sie doch nun wirklich zu einer ernsthaften Erkrankung führen. Aber wenn das Schicksal es einmal schlecht mit einem meint, dann auf der ganzen Linie.

Auch die Gallensteine und die Lungenerkrankung waren nicht existent.

Auf diese nervtötende Weise verliefen die Bürotage sehr schleppend.

Doch dann stand der große Tag unmittelbar bevor:

Heute war der große Tag. Schon vor fünf stand Franziska erwartungsvoll auf. Am Vorabend hatte sie schon die Schublade des Tiefkühlschrankes entsorgt – in der Nachbarschaft lagen einige ausrangierte Möbelstücke und alte Stoffe auf dem Bürgersteig, da würde ihre alte Schublade kaum auffallen.

Die Gewürzdosen hatte sie in einen großen Müllcontainer einer Hochhaussiedlung in der

Nordweststadt einem 20 Minuten entfernten Stadtteil am späten Abend entsorgt.
Nun blieb nur noch die mittelgroße Tupperdose übrig.

An diesem Morgen gab sie sich besondere Mühe beim Schminken und der Auswahl der Kleidung, schließlich wollte sie vor dem im Laufe des Tages eintreffenden Arzt und evtl. Sanitätern nicht negativ auffallen. Glücklicherweise lagen heute sogar die Haare einigermaßen nett.
Nach einem ausgiebigen Frühstück, versüßte sie die „ pflanzlichen Tropfen" noch mit einigen Spritzern Süßstoff und dann konnte es losgehen.
Es würde ein guter Tag werden, sogar die Straßenbahn und die U-Bahn kamen an diesem Morgen pünktlich und Franziska fand einen Sitzplatz, was auch nicht täglich geschah.

Im Büro angekommen, versicherte sie sich zunächst, dass er auch heute seinen Pfirsich-Eistee mitgebracht hatte, und die Verpackung schon geöffnet war. Als er kurz (bei Robert bedeutete kurz allerdings so ca. 15 Minuten) zum Händewaschen entschwand, kam der aufregende Einsatz.
Aus dem Nebenzimmer hörte sie wie sich ihre Kolleginnen Johanna und Kathi angeregt unterhielten.
Johanna bereitete einen Kaffee für beide und das hieß für Franziska: FREIE BAHN.

Vorsichtig goss sie die Flüssigkeit in die Eistee-Packung und verrührte das Ganze mit seinem Bleistift, welchen sie dann abwischte und wieder auf seinem Schreibtischchaos ablegte. Die Transportdose spülte sie gründlich in der Teeküche aus und versteckte sie dann in der großen Mülltüte, welche in einem Gestell der Etagenputzfrau befestigt war. Sie drückte die Dose ganz tief nach unten und entleerte noch einige Joghurtreste und ein klebriges Kaffeestückchen darauf.

Die Putzfrau würde in einigen Minuten zum großen Container im Nebengebäude gehen und die Müllabfuhr kam so gegen Mittag um diesen Container zu leeren.

Somit war dieses Beweismittel auch verschwunden!!

Jetzt konnte sie auch zu einem kleinen Schwätzchen über die Büroneuigkeiten in das Nebenzimmer gehen.

Mit einem unwichtigen Vorgang in der Hand betrat sie das Nebenzimmer und begann mit Johanna und Kathy ein belangloses Gespräch. Kathy bereitete sich gerade einen Kaffee und lud Franziska zu einer Tasse ein.

Hast du Deinen Schreibtisch schon entrümpelt? Schaltete sich Annika in das Gespräch ein. *Wenn wir Glück haben, können wir schon in 4-5 Wochen die neuen Räume beziehen. Die Möbel sind schon bestellt und ich denke Du hast als einzige von uns das Glück einen unverschämt kurzen Anfahrtsweg zu haben.*

Franziska war froh ein paar Gesprächsthemen gefunden zu haben um die Zeit ein wenig zu strecken. Um den Durst bei Robert zu beschleunigen hatte sie kurz nach ihrem Eintreffen im Büro die Heizung voll aufgedreht.

Ja Annika, ich habe tatsächlich Glück gehabt, ich werde nur gut 10 Minuten am Morgen brauchen, nachmittags kann es etwas länger dauern, da wir ja in der Innenstadt leider viel zu viele Einkaufsmöglichkeiten haben. Franziska hatte kaum geendet als man aus dem Nebenzimmer ein dumpfes lautes Geräusch vernahm.

Alle verdrehten entnervt die Augen: *Robert ist wahrscheinlich im Schlaf von seinem Schreibtischstuhl gerutscht* vermutete Leah. *Und glaubt mir, ich gehe jetzt nicht rüber und hebe ihn auf, das soll er mal alleine machen. Dieses Gejammer von diesem Hypochonder ertrage ich heute nicht so gut,* bemerkte Franziska zur allgemeinen Erheiterung.

Nach einer guten Viertelstunde ging Franziska mit einer weiteren Tasse Kaffee in der Hand langsam in ihr Büro zurück.

Zu ihrer Überraschung lag Robert etwas verdreht vor seinem Schreibtisch und blickte merkwürdig starr in eine Richtung. Ob er denn schon tot war? Sie beugte sich vorsichtig und ein wenig angeekelt zu ihm hinunter. Einen Puls konnte sie nicht mehr fühlen. Sicherheitshalber versuchte sie nochmals einen Pulsschlag am Hals zu fühlen, doch sie konnte kein Lebenszeichen mehr finden.

Etwas hysterisch rief Franziska, die der Verbindungstür zu ihrem Büro am Nächsten sitzende Kollegin, Leah zu Hilfe.

Leah , Leah komm doch bitte mal ganz schnell. Leah eilte herbei und sah mit entsetzten Augen den am Boden liegenden Robert.

Anfassen mochte sie ihn auch nicht, nur durch ein mehrfaches massives Ansprechen versuchte sie festzustellen ob er den bei Bewusstsein sei. Als er sich aber immer noch nicht rührte, rief sie unangenehm berührt die weiteren Kolleginnen herbei. Neugierig kamen alle anderen und stellten die unterschiedlichsten Vermutungen und Theorien auf.

Franziska stellte sich nach Luft ringend in eine Ecke des Zimmers und fragte japsend *sollte man nicht mal einen Krankenwagen oder Arzt rufen, der hat ja tatsächlich was, und ich habe ihn heute morgen noch so angemeckert den Hypochonder.*

Annika nahm das in die Hand, sie ging um den Schreibtisch herum an Franziskas Platz und rief die 112 – Feuerwehr bzw. Krankentransport an. Kathy eilte ebenfalls zu Franziskas Schreibtisch und holte das Asthmaspray für Franziska welches dort immer in der Nähe der Tastatur lag. Dankbar und mit zitternden Händen nahm sie einige Hübe um dann langsam wieder mit normaler Stimme und ausreichend Luft sprechen zu können.

Weil niemand mit dem am Boden liegenden Robert alleine in einem Zimmer bleiben wollte, gingen die Kolleginnen geschlossen in den Nebenraum und warteten auf die Sanitäter bzw. den Notarzt.

Es verging eine kleine Weile bis die Sanitäter unterstützt von einem älteren kleinen Arzt die Büros betraten. Nach einer kurzen Untersuchung stellte der Notarzt fest, dass Robert vor ca. 45 Minuten an einem Herzversagen verstorben sei.

Die besorgten Kolleginnen baten ihn vielleicht auch noch kurz nach Franziska zu schauen, für die der

Anblick des am Boden liegenden Robert doch wohl zu aufregend gewesen sei.

Sehr bemüht und fürsorglich gab er ihr eine Kortisonspritze gegen die Atemnot und etwas Leichtes zur Beruhigung für die Nerven. Dankbar und die Tränen kaum zurückhaltend ließ sie sich diese Fürsorge gefallen.

Der Arzt teilte nun den versammelten Kollegen mit, dass er aber jetzt leider die Polizei rufen müsse, da dies bei solch plötzlichen Sterbefällen üblich sei.

Nach einer weiteren Viertelstunde trafen die Beamten der Kriminalpolizei ein. Franziska ärgerte sich in diesem Moment nicht doch noch einmal das Make-up überprüft zu haben.

Der Sprecher der beiden Beamten war ein unwahrscheinlich gut aussehender Mann. Ca. einen Kopf größer als Franziska mit kurzen schwarzen Haaren und wunderschönen braunen Augen.

Aufgrund seiner dunklen Hautfarbe tippte Franziska auf eine nordafrikanische oder vielleicht auch afroamerikanische Herkunft. Sein Alter war sehr schwer zu schätzen, aber er war sicherlich einige Jahre jünger als sie – leider.

Er stellte sich höflich und mit einer angenehmen Stimme als Kriminalhauptkommissar Khaled vor.

Franziska sprach sehr zögerlich und hielt nervös ihr Asthmaspray umklammert:

Ich habe Robert gefunden als ich aus dem Nebenzimmer zurückkam. Wir haben nebenan einen Kaffee getrunken als wir plötzlich ein dumpfes Geräusch gehört haben. Aber wir dachten ihm wäre irgendwas heruntergefallen. Nach ein paar Minuten bin ich dann wieder herübergekommen und sah Robert, d.h. Herrn Schneider so verdreht am Boden liegen. Ich habe ihn angesprochen ob er sich denn verletzt habe, aber er hat nicht geantwortet und auch nicht reagiert. Da habe ich versucht seinen Puls zu fühlen aber ich konnte keinen Pulsschlag spüren, ich habe es dann nochmals am Hals probiert, aber ich weiß nicht genau wo man am Hals etwas fühlen kann, und hierbei habe ich auch schon meine Kollegin Leah – sie sitzt der Tür am nächsten – gerufen. Aber auch sie wusste nicht recht weiter.

Hier unterbrach sie sich zum ersten Mal um einige Hübe ihres Asthmasprays zu inhalieren. Mehrmals atmete sie tief ein- und aus. Dann konnte sie langsam weitersprechen.

Annika rief dann einen Notarzt und den Krankenwagen.

Der Kriminalbeamte schaute sie mitfühlend an. *Kann ich Sie noch weiterfragen oder wird es Ihnen gesundheitlich zu viel?*

Sie schüttelte den Kopf *Nein, nein das geht schon.*

Ist Ihnen bekannt, ob er irgendwelche schwerwiegenden Erkrankungen hatte. Ich dachte da vielleicht an Herz oder Kreislauferkrankungen??

Franziska sah in schuldbewusst an: Es tut mir jetzt so unendlich leid, aber wir alle hier und natürlich auch ich haben ihn für einen Hypochonder gehalten. Er war ständig auf der Suche nach einer Erkrankung, mal wollte er unbedingt Rheuma haben, dann fühlte er sich besorgt um sein Herz, seine Lunge, seine Leber und zuletzt erklärte er, er habe Gallensteine. Ich habe ihm das nie geglaubt, ich dachte er wolle sich nur interessant machen und sei ein *verweichlichter Mann. Doch jetzt,. Er tut mir so leid, wie er so verdreht am Boden lag und er ist doch noch recht jung, der dürfte doch erst in ihrem Alter sein.*

Khaled lächelte geschmeichelt: *wie alt war er denn?*

Franziska überlegt kurz: *er ist, er war gerade vierzig geworden.*

Danke für das Kompliment aber legen Sie noch mal 15 Jahre drauf, dann stimmt das mit dem Alter.

Bei dieser Bemerkung blickte sie erstaunt auf, das hätte sie nicht gedacht, da musste man erst einen Kollegen umbringen um solche einen interessanten Mann kennenzulernen.

Er schaute sich neugierig im Büro um. *Sie sitzen also mit Herrn Schneider im Büro nebenan. Ich denke meine Kollegen haben seine L.... sie haben ihn sicherlich schon wegbringen lassen.*

Könnten wir uns das gemeinsame Büro einmal kurz anschauen?

Franziska atmete tief durch, *natürlich, wenn er schon weg ist, gehe ich auch wieder in mein Büro.*

Er ging voran und schaute sich kurz um und nickte ihr verständnisvoll zu.

Auf welcher Seite sitzen Sie denn? fragte er mit dieser angenehmen Stimme.

Ich sitze auf der ägyptischen Seite – ich habe überall Bilder und Souvenirs aus meinem Ägyptenurlaub dekoriert. Man braucht ein wenig positive Ablenkung im grauen Alltag und ein wenig Hoffnung für eine baldige Rentnerzukunft in einem wärmeren Land.

Erstaunt sah er sie an, *wie kommen Sie gerade auf Ägypten? Was gefällt Ihnen dort so sehr, dass Sie an ein Rentnerdasein in einem weit entfernten Land denken?*

Franziska sah ihn strahlend an – gut es passte jetzt nicht ganz zu der Situation, aber endlich mal ein Mann der sich für ihre Hobbies zu interessieren schien.

Es ist das ganze Land, die Geschichte, die Menschen und nicht zu vergessen das Wetter. Wissen Sie ich habe seit vielen Jahren Asthma und das trockene Wüstenklima hat schon viele Engländer im letzten Jahrhundert zu Archäologen gemacht. Nicht dass ich jetzt Archäologe werden möchte, nein ich bin nur völlig gefangen von den Ausgrabungen. Ich könnte Wochen und Monate im ägyptischen Museum in Kairo verbringen und Luxor und die wunderschönen Tempelanlagen, das Tal der Könige und Assuan mit seiner traumhaften Landschaft. Aber ich sitze hier und schwärme Ihnen von Ägypten vor und vor noch nicht mal zwei Stunden ist mein Kollege hier in diesem Zimmer einfach tot vom Stuhl gefallen.

Khaled sah sie fast liebevoll an: *ich kann Sie mit Ihrer Liebe zu Ägypten verstehen, ich selbst bin in Alexandria geboren und habe die Ferien in meiner Kindheit immer in Kom- Ombo bei meinen Großeltern verbracht. Und zweimal im Jahr muss ich einfach nach Ägypten fahren.*

Aber um jetzt auf den Grund unseres Besuches hier zu kommen.

Hat Herr Schneider heute früh über irgendwelche Beschwerden speziell geklagt?

Franziska schaute einen Augenblick etwas hilflos auf den leeren Platz ihr gegenüber : *Ehrlich gesagt, ich weiß es nicht, ich war heute früh noch sehr müde, da ich gestern Abend lange für meinen Sprachkurs gelernt habe, aber ich denke er war etwas blass und meinte er wolle heute auch etwas früher nach Hause gehen.*

Wissen Sie, er ist einfach ein Hypochonder, es gibt keine Krankheit die er nicht schon hatte, oder zumindest versucht hat sie zu bekommen. Erst letzten Herbst hat er wochenlang umsonst versucht eine Herzkrankheit nachzuweisen. Und da er immer nur jammerte, hat ihm natürlich keiner mehr geglaubt.
Ich denke ich habe ihm wahrscheinlich sehr oft unrecht getan und dafür schäme ich mich jetzt. Ich war zu viel mit mir selbst beschäftigt um ihm genauer zuzuhören. Und jetzt, ja jetzt ist es zu spät, hätte ich ihm doch auch mal geraten zum Arzt zu gehen.
Franziska senkte schuldbewusst den Kopf und atmete schwer. Khaled reichte ihr das Asthma-Spray welches auf dem Schreibtisch neben dem Telefon lag.

Nun machen Sie sich doch keine Vorwürfe, ich denke er hatte wahrscheinlich doch eine Herzschwäche, wie unser Polizeiarzt nach dem ersten Blick auf die Lei... auf Herrn Schneider bemerkte.
Näheres wird ja die Obduktion ergeben. Ich denke es wäre sicherlich besser, wenn Sie jetzt nach Hause

gehen könnten. Konzentriert Arbeiten werden Sie doch nach diesem Vorfall heute nicht mehr können. Haben Sie denn jemanden der sich um Sie ein wenig kümmern kann? Ist Ihr Mann denn schon zu Hause?
Franziska schaute leicht lächelnd zu ihm hinüber – *ich bin geschieden und lebe alleine, aber ich kann eine meiner Töchter telefonisch erreichen und ein wenig mit ihnen über dies alles hier reden.*

Khaled hatte seine erste Ermittlungsarbeit in Franziskas Büro erledigt und notierte sich noch für evtl. Rückfragen ihre private Telefonnummer und auch die Handynummer.
Ich würde Sie gerne Morgen anrufen und über die Ergebnisse der Obduktion informieren.
Werden Sie ins Büro gehen, oder einige Tage frei nehmen? Khaled sah sie fragend an.
Es wäre schön, wenn Sie mich anrufen – ich kann noch nicht sagen, ob ich morgen früh ins Büro gehen werde. Ich werde jetzt ein paar Sachen noch sortieren und dann nach Hause gehen. Vielleicht kann ich mich ein wenig mit meinen Vokabeln ablenken. Danke, für Ihre verständnisvolle Art.

Khaled verließ mit seinem Kollegen das Büro und Franziska sortierte nur hastig einige Anträge und Unterlagen. Dann ging sie langsam um den Schreibtisch herum nahm die angebrochene Eis-Tee Packung und ihre benutzte Kaffeetasse mit zur Teeküche. Den Eistee goss sie recht zügig in den Abfluss und ließ das Wasser lange laufen um möglichst alle Spuren des Dieffenbachia-Saftes zu entsorgen. Danach spülte sie sorgfältig die Tasse aus.

Die Eistee-Packung warf sie in den Mülleimer in der Teeküche und begann dann in ihrem Büro ihre Tasche aus dem Schrank zu holen, den Computer herunterzufahren und ihre dicke braune Winterjacke anzuziehen.

Mit gesenktem Kopf verabschiedete sie sich von den Kolleginnen und ihr Chef bot ihr fürsorglich an, sie nach Hause zu fahren.
Dankend lehnte sie ab: *ich glaube ich möchte jetzt erst mal ein paar Schritte laufen um den Kopf ein wenig frei zu bekommen. Ich könnte jetzt nicht mit vielen anderen Menschen in der Straßenbahn oder S-Bahn zusammen sitzen.*

Auf dem Weg zum Ausgang suchte sie noch einmal die Personaltoilette auf, gleich links neben der Toilettentür befand sich die Tür zur Teeküche. Da niemand im Flur zu sehen war, öffnete sie schnell die Küchentür, nahm die Eistee-Packung aus dem Mülleimer und verstaute sie in einer Plastiktüte.
Langsam ging sie mit ernstem Gesicht am Pförtner vorbei, der ihr mitfühlend zunickte.
Nach einigen Minuten erreichte Franziska die S-Bahn Station und konnte die gerade einfahrende Bahn noch erreichen. Sie fuhr bis zur Innenstadt und entsorgte dort in einem
Papierkorb die verhängnisvolle Plastiktüte.
Nach einem schnellen Einkauf an einem Obst- und Gemüsestand fuhr sie nach Hause.

Es war doch gar nicht schwer einen Mord zu begehen überlegte sie, während sie sich einen Tee zubereitete.

Nach einer schnellen Dusche zog sie sich auf ihr Sofa zurück und schaute konzentriert in das Arabischlehrbuch.

Fast drei Stunden konnte sie heute ohne Störungen lernen und kam im Stoff ganz gut voran. Es war schon am frühen Abend als sie sich eine große Schale mit Obstsalat anrichtete. Heute kam doch ihre Lieblingssendung im Fernsehen und die wollte sie um keinen Fall verpassen.

Der nächste Morgen begann wie immer, jammernd stellte sich Franziska unter die heiße Dusche und trank danach, noch immer sich selbst bedauernd um diese fürchterlich frühe Stunde ihren Kaffee. Von Montag bis Freitag sah sie jeden Morgen ein wenig Frühstücksfernsehen um zum Einen wach zu werden und zum Anderen um die Wettervorhersage anzusehen. Mindestens dreimal kamen die Nachrichten inklusive Wetterbericht – aber Franziska konnte sich hinterher nicht daran erinnern und eilte immer zum Fenster um zu sehen, was denn die Leute auf der Straße tragen würden.

Auf dem Weg zum Büro wurde sie zusehends nervös. Hoffentlich war das Ergebnis der Obduktion für sie positiv ausgefallen.

Ein wenig zerstreut nahm sie an ihrem Schreibtisch Platz und begann zunächst die angefallenen E-mails zu bearbeiten.

Gegen 11.30 Uhr rief Omar Khaled an um sich nach ihrem Befinden zu erkundigen. Sie plauderten nach einigen Höflichkeitsfloskeln über Franziskas Lieblingsthema: Ägypten

Bis Khaled das Gespräch auf Robert Schneider brachte:

Was ich fast vergessen hätte Franziska, ich darf doch Franziska sagen, das Ergebnis der Obduktion liegt mir schon per Fax vor. Herr Schneider verstarb an einem Herzinfarkt, er hatte doch ein Problem mit dem Herzen. Es ist natürlich tragisch in seinem Alter, aber es muss recht schnell gegangen sein.

Unser Gerichtsmediziner hat heute seinen letzten Arbeitstag, er geht in Rente und hat mir einen persönlichen Gefallen getan und diese letzte Obduktion noch gestern Nachmittag vorgenommen.

Jetzt ist nur noch die Frage, ob es irgendwelche Angehörige oder Freunde gibt, die die Beerdigung organisieren werden.

Hier fand Franziska eine Möglichkeit dafür zu sorgen, dass es keine Spuren mehr auf ihre „hoffentlich perfekte Tat" geben würde.

Wir haben vor längerer Zeit mal drüber gesprochen, wie wir beerdigt werden möchten und Robert meinte, er wolle unbedingt verbrannt werden. Die Vorstellung dass irgendwelche Würmer an ihm knabbern könnten, ekelte ihn richtig. Ich denke, dass vom Büro die Beerdigung organisiert wird, da er ja keinerlei Angehörige hatte.

Ich werde die anderen Kollegen und auch meinen Chef darüber informieren. Wann kann man denn damit rechnen, dass Robert dort in der Gerichtsmedizin abgeholt werden kann?

Laut dem Gerichtsmediziner kann die Leiche, also Herr Schneider, schon heute im Laufe des Tages abgeholt werden, und wenn Sie ein Beerdigungsinstitut haben, können Sie es schon beauftragen. Khaled wollte das Gespräch noch nicht so schnell beenden.

Es ist vielleicht nicht gerade der richtige Zeitpunkt, aber ich wollte Sie gerne zum Essen einladen, hätten Sie denn mal Zeit und Lust mit mir arabisch Essen zu gehen?
Franziska war überrascht und konnte ihre Freude über diese Einladung nicht verbergen.
Ich habe morgen meinen Arabischkurs, aber am Freitag hätte ich Zeit.
Khaleds Stimme klang sehr zärtlich: *Darf ich Sie so gegen acht Uhr abholen, Ihre Adresse habe ich ja bereits notiert?*
Franziska wurde verlegen wie ein Teenager: *Gerne, ich freue mich auf Freitag. Auch wenn der Grund unseres Kennenlernens so schrecklich war hoffe ich doch, dass wir am Freitag andere*
Gesprächsthemen haben werden. Ich würde gerne mehr über Sie und Ihren Weg von Alexandria nach Frankfurt erfahren.

Sie verabredeten sich für 20.00 Uhr und Franziska hängte sehr erleichtert das Telefon ein.
Die Beerdigung wollte ihr Chef organisieren lassen und setzte sich umgehend mit einem Beerdigungsinstitut in Verbindung um die nötigen Daten für eine baldige Urnenbeisetzung zu erfragen.

Das hatte nun also auch geklappt – sie überlegte ob ihr nicht vielleicht doch ein Fehler unterlaufen sein könnte, aber wahrscheinlich hatte sie einfach sehr viel Glück gehabt.
Der Gerichtsmediziner hatte sicherlich an seinem letzten Arbeitstag nicht mehr so hundertprozentig gearbeitet – vielleicht war auch ein oder zwei Glas „Abschiedssekt" im Spiel gewesen. Hauptsache war aber doch, dass sie selbst und auch die anderen Kolleginnen von Robert erlöst waren.

Den Abend verbrachte Franziska in bester Stimmung zu Hause.
Sie ließ die letzten Tage noch einmal Revue passieren. Bei einer großen Tasse heißem Kakao kam ihr dann der Gedanke, dass es sicherlich gut wäre, wenn diese Giftpflanzen so langsam aus dem Büro verschwinden würden.
Sie konnte natürlich nicht schon wieder das ganze Büro umräumen bzw. umdekorieren. Nein, diese Pflanzen mussten eingehen. Aber dass würde natürlich lange dauern. So beschloss sie am nächsten Tag die betreffenden Pflanzen mit einem großen Schluck Chlor-Reiniger - in Wasser aufgelöst - zu gießen.
Und der Erfolg ließ nicht lange auf sich warten. Eine nach der anderen Dieffenbachia-Pflanzen hauchte ihr Leben aus.
Franziska ersetzte ganz brav jede eingegangene Pflanze mit einem schönen Kaktus.

Auf Nachfragen nach ihrem gärtnerischen Missgeschick, erklärte sie tapfer: *Nie mehr werde ich mir eine andere komplizierte Pflanzenart zulegen, es kommen mir nur noch Kakteen unter die Finger. Die überstehen lange Trockenperioden ebenso wie plötzliche Monsunausbrüche.*
Sie bekam gutgemeinte Ratschläge, aber eisern blieb sie bei ihrem Vorsatz nur noch Kakteen zu kaufen.

Die Arbeitstage verliefen wunderbar harmonisch, es war sehr still in ihrem Zimmer geworden und die immer häufiger werdenden Besuche der Kolleginnen aus dem Nachbarzimmer ließen bald alle vergessen wie unangenehm noch vor einigen Tagen die Atmosphäre in diesen vier Wänden war.

Der Freitagmorgen zog sich wie ein alter Kaugummi in die Länge. Franziska war in Gedanken keinesfalls mehr bei der Arbeit. Es war viel wichtiger zu überlegen was sie am Abend anziehen sollte. Sie hatte einen netten Freundes- und Bekanntenkreis und ging auch öfter abends mal ins Kino, zum Essen oder auch, dies allerdings sehr selten, ins Theater. Aber dies hier war ein Date – keine Verabredung mit guten Freunden.
Heute wollte sie so vorteilhaft wie möglich aussehen.
Also hatte sie für den Nachmittag noch einen Friseurtermin vereinbart und überlegte verzweifelt welche ihrer Schuhe denn elegant, nicht zu übertrieben und doch sehr bequem waren.

Das Make-up sollte die kleinen Falten um die Augen und diese kleinen bösen Linien an den Mundwinkeln möglichst gut abdecken.

Immer wieder wanderte ihr Blick zur Uhr, aber die Zeit schien heute wirklich extrem langsam zu vergehen.

Sogar den anderen Kolleginnen fiel es auf, dass Franziska heute extrem ungeduldig und aufgeregt war, und so konnte sie es nicht länger für sich behalten:

Ich habe heute Abend eine Einladung zum Essen mit einem sehr interessanten Mann.

Johanna und Kathi konnten ihre Neugierde nicht verbergen: *Wie alt, wie sieht er aus, kennen wir ihn, was macht er beruflich, wie hast DU ihn kennengelernt.*

Franziska begann nun leicht verlegen zu werden: *Ihr könnt Euch das sicher nicht vorstellen, aber der Polizeibeamte der wegen Robert hier war, hat mich eingeladen. Wir werden heute Abend arabisch Essen gehen. Er ist so in meinem Alter und das wichtigste – er ist nicht verheiratet.*

Es ist schon länger her, dass ich den Wunsch hatte mit einem Mann alleine auszugehen. Die meisten Bekannten sind halt eben nur Bekannte, gute Freunde und nichts mehr.

Johanna dachte an das Naheliegende: *Was ziehst Du denn an?*

Ist das Restaurant so richtig schick oder mehr eine nette Kneipe?

Franziska zog unsicher die Schultern nach oben: *ich habe keine Ahnung wo wir genau hingehen werden.*

Also muss ich das Mittelmaß finden zwischen superelegant und sportlich lässig – also eigentlich bin ich ziemlich ratlos!!
Die drei waren für die nächsten Stunden damit beschäftigt das passende Outfit für Franziska auszuwählen.
Nach längerer Diskussion entschied sie sich dann für den braunen Hosenanzug und einen schlichten beige-farbenen Baumwollpulli. Dazu würde sie einen (fast echten) Pashmina-Schal nehmen und die dunkelbraune Handtasche – ein Weihnachtsgeschenk der Töchter.
Sichtlich beruhigt konnte sie nun auf den Feierabend warten.

Sie saß etwas nervös und unsicher im unbequemen Stuhl ihres Friseursalons, vor sich ein großes Heft mit Musterfrisuren.
Sie wollte jugendlicher aber nicht zu jugendlich aussehen. Und die „ nachgewachsenen weißblonden Haare „ sollten auch wieder mit dem Rest übereinstimmen.
Außerdem hatte Franziska den Wunsch nach ein paar hellen Strähnchen.
Während die Farbe einwirkte entschied sie sich auch noch für Augenbrauen und Wimpernfärben. Nach endlosen zweieinhalb Stunden verließ sie runderneuert den Salon und eilte nach Hause. Noch gut zwei Stunden bis ER kam .
Nach einer schnellen Dusche, erholte sie sich mit einer Tasse Tee in den neuen Bademantel gekuschelt

in ihrem großen Sessel.
Die Frage, ob er sich wirklich für sie als Frau interessierte oder ob er sie nur ganz nett fand, da sie ein großes Interesse an seinem Heimatland zeigte, beschäftigte sie schon seit seinem Anruf.
Ich mache mir keine zu großen Hoffnungen oder Vorstellungen, dann kann ich auch nicht enttäuscht werden. Aber er sieht eben verflixt gut aus, hat wunderschöne Augen und eine sehr, sehr angenehme Stimme, der man endlos zuhören konnte.
Ein kurzer Seitenblick auf die Uhr beendete die Tagträume und
Franziska eilte ins Bad um die Renovierungsarbeiten für ein jugendlicheres Gesicht zu beginnen.

Pünktlich um zwanzig Uhr läutete es an der Haustür und ER stand mit einem kleinen Biedermeierstrauß bestehend aus champagnerfarbenen Rosen und einigen anderen zarten Blumen vor ihr. Er trug eine schwarze Jeans, einen schwarzen Rollkragenpullover und ein schwarzes Jacket und sah damit umwerfend gut aus.
Er lächelte Franziska ein wenig verlegen an, als sie ihn in die Wohnung bat.
Omar Khaled nahm nur kurz auf dem Sofa Platz und schaute dann begeistert ihre kleine Bibliothek an.
 Mit der einen Hand hielt er den Orangensaft und mit der anderen zog er einige Bücher nach und nach ein wenig aus den Regalen.
Sie sind ja wirklich ein großer Ägypten- Fan , ich kenne bisher hier in Deutschland niemanden der wirklich alle Bücher von Nagib Machfus besitzt. Haben Sie alle schon gelesen?

Mein Lieblingsbuch von ihm ist „ Zwischen den Palästen „.

Franziska war begeistert, nicht nur dass dieser Mann ihrem Idealbild von einem Mann sehr, sehr nahe kam, nein er war auch noch an Büchern interessiert und kannte auch einen ihrer Lieblingsautoren.

Die Zeit verging wie im Fluge mit ihm und als sie das kleine libanesische Restaurant erreichten, hatte Franziska das Gefühl ihn schon sehr lange zu kennen.

Das kleine Restaurant lag in einer Seitenstraße in der Nähe der Universität. Es gab mehrere Nischen mit großen bequemen Sesseln und von der Decke hingen wunderschöne messingfarbene Lampen, die ein warmes Licht verströmten.

Khaled war mit dem Besitzer befreundet, der ihnen einen Tisch in einer ruhigen Ecke reserviert hatte.

Sie hatten kaum Platz genommen, als auch schon der Kellner mit einem großen Tablett mit verschiedensten Vorspeisen erschien. Franziska musste sich zwingen nicht zu viel von den Salaten und Dip´s zu nehmen. Denn der Hauptgang und die zu erwartenden Süßigkeiten zum Dessert wollte sie auf keinen Fall verpassen.

Es war eine angenehme Atmosphäre in dem kleinen Restaurant und Khaled erklärte ihr ganz aufmerksam die einzelnen Speisen und die regionalen Unterschiede in der arabischen Küche.

Als der Tee serviert wurde und vor ihnen eine wunderschöne silberne Schale mit Baklava, Konafa und Basboosa stand, begann er von sich zu erzählen:

Nach dem Militär habe ich an der Al Azhar-Universität in Kairo ein Jurastudium begonnen. Aber nach 4 Semestern konnte ich nicht mehr weiter studieren, da mein Vater ganz plötzlich starb und ich Geld verdienen musste. Ich hatte dann ein Angebot bei der Kriminalpolizei in Kairo eine Ausbildung zu beginnen. Da ich außer arabisch und deutsch auch gut englisch konnte, wurde ich der Abteilung für Kunstdiebstähle und illegalem Handel mit Antiquitäten zugeteilt, ich war dann einige Jahre in Luxor tätig und erhielt die Möglichkeit einige kriminaltechnische Seminare in Amerika und Deutschland zu besuchen. Vor neun Jahren wurde ich dann für ein halbes Jahr zu Ermittlungszwecken in Düsseldorf eingesetzt. Dort habe ich dann mit der deutschen Polizei zusammengearbeitet. Nach dem halben Jahr, hatte ich das Glück, für eine unbestimmte Zeit hier arbeiten zu können, wobei ich meine Stelle in Luxor jederzeit wieder aufnehmen kann. Ich hätte nie gedacht, dass hier in Deutschland Polizeibeamte aus den verschiedensten Ländern jeweils für ein paar Jahre im normalen Alltagsgeschehen der Polizei mitarbeiten können.
Es war reiner Zufall, dass ich neulich einen kranken Kollegen vertreten habe und in dieser traurigen Geschichte mit Ihrem Kollegen tätig wurde. Meine Abteilung befasst sich mit internationalen Betrugsfällen, bei denen ich immer eingesetzt werde, wenn es um gute Fremdsprachenkenntnisse geht. Mein Einsatzgebiet ist sehr oft am Flughafen und ich habe dadurch die Chance auch öfter nach Hause

fliegen zu können.

Khaled schaute sie entschuldigend an: *Jetzt habe ich aber lange von mir gesprochen. Erzählen Sie mir etwas von sich, Sie haben erwähnt, dass Sie zwei Töchter haben und geschieden sind. Leben Sie denn ganz alleine? Und seit wann interessieren Sie sich denn für Ägypten bzw. das alte Ägypten?*

Franziska war noch ganz beschäftigt mit dem eben gehörten.

Na Gott sei Dank, war er nicht in der Mordkommission tätig. Vielleicht war er ihr nicht auf die Schliche gekommen, weil sein normales Aufgabengebiet mehr auf Diebstahl, Betrug und solchen Dingen lag. Auf jeden Fall schien er ein sehr erfolgreicher Kriminalbeamter zu sein, sonst hätte man ihn doch niemals derart durch die Welt geschickt.

Von mir gibt es nicht viel zu erzählen: ich bin schon seit vielen Jahren geschieden und darüber auch wirklich froh. Meine Töchter sind 28 und 23 Jahre alt und eine ist schon verheiratet. Ich habe schon Enkelkinder, die ich am liebsten viel mehr um mich haben möchte. Damals als meine Kinder klein waren, hatte ich nie ausreichend Zeit für sie und permanent ein schlechtes Gewissen. Vielleicht versuche ich daher an den Kleinen so einiges gut zu machen, was ich früher nicht leisten konnte.

Meine Arbeit ist eigentlich sehr abwechslungsreich aber meine privaten Wünsche, endlich mehr Zeit zu haben um all die Dinge in Ruhe zu besichtigen und mir Kenntnisse von der Altägyptischen Geschichte anzueignen, werden immer größer.

Wenn ich ehrlich bin, warte ich nur darauf in Altersteilzeit gehen zu können, um endlich die Reisen zu machen die ich mir immer gewünscht habe.

Um diese Wartezeit zu überbrücken, habe ich angefangen arabisch zu lernen und versuche auch meine geschichtlichen Kenntnisse ein wenig zu verbessern.

Franziska schaute etwas unsicher zu ihm hinüber und sagte leise:

Vielleicht war es ein Wink des Schicksals, dass ich Sie kennengelernt habe, denn ich hoffe von Ihnen einiges über Ihre Heimat zu erfahren.

Khaled sah ihr lächelnd in die Augen: *Es würde mich sehr freuen, Sie öfter zu treffen, und wenn ich Ihnen tatsächlich noch einiges über meine Heimat berichten kann, dann kann ich damit auch ein wenig das Heimweh, dass mich auch noch heute hin- und wieder beschäftigt, verarbeiten.*

Langsam griff er nach ihrem Teeglas und füllte es zum wiederholten Mal mit schwarzem Tee in das er einen kleinen Zweig mit Pfefferminzblättern legte.

Wollen wir nicht, wie es unter Ägyptenfans üblich ist, den Nachnamen weglassen? Ich heiße Omar und würde Sie gerne auch Franziska nennen!

Franziska fühlte wie eine leichte Röte von ihrem Hals aufstieg und konnte nur ein leises: *gerne Omar* murmeln.

Wann fahren Sie denn wieder einmal nach Hause? Es

ist doch sicherlich jedes Mal sehr schwer wieder die Heimat zu verlassen.

Ich habe noch keine genauen Pläne, denke aber, dass ich im September für ein bis zwei Wochen nach Kairo fliegen werde. Es ist besser wenn man sich bei den alten Kollegen hin-und wieder blicken lässt um nicht in Vergessenheit zu geraten. Und dann möchte ich mir einen großen Wunsch erfüllen. In Assuan wird derzeit begonnen auf der anderen Uferseite einen neuen Stadtteil zu errichten. Das möchte ich mir gerne ansehen und evtl. ein kleines Grundstück kaufen um dort später eine Bleibe zu haben, wenn ich Deutschland wieder verlasse.
Omar sah nachdenklich auf sein leeres Teeglas.
Manchmal spürt man das Heimweh doch sehr, besonders wenn es mal wieder im Kollegenkreis Unstimmigkeiten gibt. Aber das gibt es ja wohl an jedem Arbeitsplatz.

Franziska schaute ihn nachdenklich an. *Ja, dass kenne ich, ich hatte früher auch schon Arbeitsplätze an denen es an der Tagesordnung war, dass man morgens schon Magenschmerzen hatte kaum dass man das Büro betreten hatte.*

Aber erzählen Sie mir lieber von ihren Urlaubsplänen in diesem Jahr, entgegnete Omar.

Sie erzählte ihm begeistert von ihren Plänen, in diesem Jahr alle Gräber im Tal der Könige zu besuchen. *Normalerweise besichtigt man ja höchstens 3 Gräber bei einem Besuch, aber in diesem*

Jahr möchte ich viel Zeit in Luxor verbringen und alle Gräber in Ruhe aufsuchen. Sicherlich werde ich sehr, sehr früh am Morgen aufbrechen müssen, um vor dem ersten Besucherstrom dort zu sein, aber dafür kann ich ja am Mittag faul im Garten des Hotels liegen und mich erholen. Ich habe ein kleines Hotel entdeckt, dass nicht direkt in der Innenstadt liegt. Vielleicht kennen Sie das Flobater-Hotel? Es hat noch ein wenig einen familiären Charakter, ich mag diese großen Hotelanlagen nicht so sehr.

Auch in Assuan kenne ich ein kleines Hotel, welches meist von Ägyptern gebucht wird – das New Abu Simbel. Es hat einen alten, großen Garten und liegt nicht weit vom Bahnhof entfernt.

Wenn ich dort meist sehr früh am Morgen zum Frühstück erscheine, legt mir der alte Kellner immer Jasminblüten neben den Teller. Dann beginnt der Tag doch schon viel schöner.

Mein Wunsch ist es jedoch, einmal ein paar Tage in einer Alabasterwerkstatt zu verbringen. Einfach nur zuschauen, wie die Handwerker aus einem groben Stein die wunderschönsten Kunstwerke herausschnitzen oder nennt man das schneiden ?

Ich habe mir bei meinem letzten Urlaub zwei kleine Statuen und einige Skarabäen gekauft. Leider habe ich eine der Statuen – Hatschepsut – beim auspacken meines Koffers gleich beschädigt.

Omar lachte leise, *der Großvater eines Schulfreundes war in einer solchen Werkstatt beschäftigt. Und wir haben ihn als Kinder in den Ferien manchmal besucht und das Mittagessen gebracht. Er hat uns dann immer kleinere Alabasterstücke gegeben und wir haben mit mehr oder bei mir weniger Geschick versucht ein Tier oder eine Figur daraus zu formen. Meine Mutter war zwar unendlich stolz auf meine Werke aber mein Vater konnte sich das Lachen nicht ganz verkneifen.*

Sie waren so in ihr Gespräch vertieft gewesen, dass sie kaum bemerkten, wie sich die Tische um sie herum langsam leerten.

Es war schon spät geworden als Omar sie nach Hause brachte.
Leicht verlegen standen sie vor Franziskas Haustür als Omar sie leicht an sich zog und ihr einen zärtlichen Kuss auf die Wange gab. *Der Abend war schön und ich hoffe, dass wir uns bald wieder treffen werden.*
Franziska nickte und strahlte ihn an: *es war wirklich ein schöner Abend.*

Als sie die Wohnungstür aufschloss und ihm vom Fenster aus noch beim Wegfahren zusah, fühlte sie sich um mindestens 15 Jahre jünger. Sie eilte ins Bad und sah sehr kritisch in den Spiegel – und wirklich erschien es ihr als wären die negativen Linien an den Mundwinkeln um einiges geringer geworden.
Zur Freude ihrer Nachbarn drehte sie die alte Anlage im Wohnzimmer richtig auf und sang beim Duschen lauthals die alten Schmachtlieder von Demis Roussos mit. Was doch ein wenig Aufmerksamkeit und ein netter Abend so alles bewirken konnte.
In dieser Nacht schlief sie kaum, war aber am nächsten Morgen trotzdem guter Dinge und fühlte

sich nicht im Geringsten müde.

Die Arbeitszeit verging schnell und die Freude auf den Abend zu Hause mit ihren Vokabelübungen ließ sie ungeduldig den Einkauf im Supermarkt erledigen. Kaum angekommen bereitete sie sich schnell einen Salat zu, zog sich bequeme Jogginghosen, Sweatshirt und warme Wollsocken an und zog sich auf ihr Sofa zurück. Sie wollte gerade den Karteikasten mit den gelernten Vokabeln öffnen als das Telefon läutete.

Muss das gerade jetzt sein, murmelte sie leise vor sich hin,

Ja, Hallo meldete sie sich nicht gerade freundlich.

Hallo und guten Abend Franziska, wie geht es Dir denn, ich habe so lange nichts mehr von Dir gehört?

Fast ein wenig begeistert nahm Franziska zur Kenntnis, dass ihre Cousine Doris am anderen Ende der Leitung war. Dieser Anruf hatte ihr noch gefehlt, - Doris – das war gleichbedeutend mit einem stundenlangen Gespräch über deren nervigen Ehemann, über die in Wahrheit missratenen Kinder welche von einer Ausbildung zur nächsten stolperten und doch keinen Abschluss schafften. So stellte man sich einen entspannenden Abend vor.

Oh, hallo Doris wie geht es Euch denn?

Danke, danke stell Dir vor ich komme nächste Woche nach Frankfurt und wollte Dich unbedingt treffen. Wie Du weißt, hat unsere Mittlere ja gerade eine neue Ausbildung zur Kosmetikerin begonnen und ich möchte ihr ein paar weiße Kittel bzw. weiße

Hosenanzüge in diesem bekannten Berufsbekleidungsgeschäft in der Innenstadt kaufen. Was denkst Du, wollen wir uns nicht am Nachmittag auf einen Kaffee treffen. Ich muss Dir so viel von den Kindern berichten. Ich habe zwar wahnsinnig viel um die Ohren, aber es war mir klar wenn ich in Frankfurt bin muss ich dich unbedingt sehen, es tut mir noch immer so leid, dass du in Deinem Alter alleine leben musst.

Das muss doch schrecklich sein, gerade die Abende.

Aber ich habe ja damals immer wieder gedacht, warum lässt sie sich nur scheiden! Jetzt bist auch nicht mehr die Jüngste und stehst alleine da. Weißt Du, man muss in einer Ehe auch mal zurückstecken können, aber das konntest Du ja noch nie.

Immer wolltest Du Deinen Kopf durchsetzen, und wenn ein Mann auch mal fremdgeht, das ist doch noch lange kein Grund alles hinzuwerfen. Du tust uns allen so leid, jetzt wo auch Du langsam in die Jahre kommst wirst Du keinen Partner mehr finden. Deshalb haben wir alle beschlossen, dass ich nach Dir schauen muss.

Du sollst auch mal wieder rauskommen, ich denke es wird Dir sicherlich gut tun, wenn wir mal einen guten Kaffee trinken gehen und uns auch ein Stück Kuchen dazu gönnen.

Es ist natürlich selbstverständlich, dass ich Dich einlade.

Aber Du sagst ja gar nichts dazu, Franziska! Hallo, bist Du überhaupt noch da? Na sicherlich habe ich Dich jetzt überrascht!

Franziska holte mehrmals gaaanz tief Luft um sich selbst ein wenig zu beruhigen.

Oh, Doris das ist aber lieb von Dir. Weißt Du ich komme ja gar nicht mehr aus dem Haus. Wenn die Kinder nicht wären, die mich einmal im Jahr besuchen, ich glaube ich würde die Innenstadt gar nicht mehr finden.

Aber sag mir, was zieht man denn mittlerweile so an, wenn man in ein nettes Cafe geht? Ich habe noch so ein adrettes Kostüm von damals, Du weißt schon. Meinst Du das geht?

Es ist soo lieb von Dir an mich zu denken. Was sagtest Du wann Du genau kommen wolltest?

Dienstag, so gegen 16.00 Uhr dachte ich, antwortete Doris etwas irritiert.

Ach Doris, das ist aber schlecht, gerade Dienstag gehen wir immer in die gemischte Sauna. Ich habe so nette Kollegen, und diese Saunagänge genießen wir alle immer sehr. Gerade die Gespräche mit den Herren der Abteilung in einer lockeren Atmosphäre sind sehr beflügelnd für das Betriebsklima.

Franziska glaubte, das schockierte, hektische atmen ihrer Cousine förmlich zu spüren.

Ja, dann kann man halt nichts machen, ich wünsche Dir dann einen angenehmen Abend. Ach, und übrigens ich habe neulich Deinen Exmann mit Begleitung getroffen. Mein Gott, sieht der noch gut aus, und auch die reizende junge Dame war sehr elegant gekleidet. Und eins muss man ihm ja lassen, er hatte doch schon immer Klasse.

Wir haben auch in der Familie immer gesagt, wer weiß, vielleicht hatte er ja seine Gründe sich damals von dir zu trennen.
Also dann wünsche ich Dir viel Spaß bei diesem lockeren Treiben mit den Kollegen....

Doris hatte aufgelegt.
Es war doch immer wieder erstaunlich, wie diese Frau in solch kurzer Zeit so viel Gift verspritzen konnte.
Und jetzt hatte sie doch bestimmt nichts Besseres zu tun, als allen Bekannten und Verwandten zu berichten, welch ein lasterhaftes Leben die verkommene Franziska jetzt führte.

Jetzt brauchte sie ein großes Glas Wein oder evtl. ein Bier, aber beides hatte sie jetzt leider nicht zu Hause.
Dann musste es ein Schlaf-und Nerven-Tee aus der Apotheke sein.
Franziska eilte in die Küche und fischte aus der Teedose zwei Beutel „ Beruhigung „.
Die Lust auf etwas Bildung war ihr inzwischen vergangen, da konnte nur ein halbwegs interessantes Fernsehprogramm zur Ablenkung beitragen.

Die Nacht war wieder zu kurz und sie kam, wie immer häufiger in der letzten Zeit, recht spät im Büro an.
Aber der Arbeitstag begann recht erfreulich: sie hatte eine nette Email von Omar erhalten.
Er bedankte sich für den schönen Abend und wollte sie in den nächsten Tagen nach Feierabend anrufen.

Lange überlegte sie, was sie als Antwort schreiben sollte.

Es sollte nett und zugleich interessant klingen. Aber immer wenn sie kurz vor „ senden „ war, überlegte sie sich doch noch eine Änderung vorzunehmen oder etwas hinzuzufügen.

Als sie endlich die Mail absandte war es schon kurz vor ihrer Mittagspause.

Heute wollte sie auf jeden Fall früh nach Hause gehen, die hierdurch sich ständig vergrößernde Anzahl der Minusstunden war ihr völlig egal. Auf dem Heimweg eilte sie noch schnell in ihrem Reisebüro vorbei und erfragte die Telefonnummer von den beiden kleineren Hotels in Luxor.

Nach ihrem Abend mit Omar, hatte sie sich in den Kopf gesetzt vielleicht zum gleichen Zeitpunkt wie er – natürlich fast zufällig – auch nach Ägypten zu fliegen. Die Vorstellung mit ihm am Abend in Luxor oder Assuan auf der Corniche spazieren zu gehen ließ sie nicht mehr los.

Den frühen Herbst in Ägypten zu verbringen erschien ihr wesentlich angenehmer als bei Regen und Wind in Frankfurt in der vollen U-Bahn morgens und abends zu stehen.

Zu Hause angekommen, beschloss sie ihrer absoluten Lieblingsbeschäftigung   –   dem   Bügeln   – nachzugehen. Nichts auf der Welt hasste sie so sehr wie bügeln. Sie trug daher meist Pullover und nur in den äußersten Notfällen mal eine Bluse.

Gott sei Dank waren die Zeiten vorbei, in denen sie Berge von Wäsche immer zwischen Waschmaschine, Trockner und Bügelbrett hin-und her trug. Sie hatte damals immer das Gefühl gehabt, dass die Wäsche eigentlich niemals im Schrank lag, die Wäscheberge waren immer unterwegs im ewigen Kreislauf des Waschens.

Sie war nie eine Mutter gewesen, für die eine Welt einstürzte wenn die Kleidung der Kinder von Flecken übersäht war, was aber nicht hieß, dass sie diese nervige Arbeit gerne absolvierte.

Nach einer halben Stunde stellte Franziska entnervt das Bügelbrett wieder in den Wandschrank im Flur und legte sich zur Entspannung eine ihrer Lieblings-DVD´s ein.

Sie besaß eine stattliche Anzahl von DVD´s, aber sie schaute eigentlich immer wieder die kleine Auswahl gleicher Filme an.

„ Lawrence von Arabien" wegen Omar Sharif

„ Tod auf dem Nil" wegen Peter Ustinov und der Landschaft

„ alle vier Miss Marple Filme „ noch in schwarz/weiß mit der unbeschreiblichen Margaret Rutherford.

„ die Zürcher Verlobung „ wegen Bernhard Wicki und zu Weihnachten war „ Sissi" einfach Pflicht

all die anderen Filme hatte sie bisher ein-zweimal gesehen.

Heute sollte es Miss Marple sein: 16.50 Uhr ab Paddington.

Gerade als Miss Marple in der alten, ungenutzten Scheune einen der alten Sarkophage öffnete, läutete das Telefon.

Oh nein, doch nicht jetzt ! Sie konnte gerade noch den Film stoppen, als sie mit der linken Hand das

Telefon von der Feststation nahm.

Guten Abend Franziska, ich hoffe ich störe Sie nicht.
Omars Stimme hatte einen angenehm warmen Klang
und in sekundenschnelle war ihr Frust über die
Störung verflogen.
*Nein, keinesfalls ich hatte mir gerade überlegt ob ich
mal wieder einen alten Miss Marple Film anschauen
möchte. Wie geht es Ihnen?*
*Danke, es geht mir gut. Ich hatte gerade überlegt ob
Sie nicht Lust hätten, morgen Abend mitzukommen.
Ein guter Freund und Kollege feiert seinen
Geburtstag und plant ein Grillfest.*
*Er hat einen großen Garten am Haus und daher
ausreichend Platz für eine Grillparty. Ich würde mich
freuen, wenn Sie mitkommen würden.*
Franziska überlegt einen kleinen Moment.
*Um wie viel Uhr soll es denn losgehen? Ist die Party
hier in Frankfurt?*

Omar lachte leise: *das klingt nach einem halben „ja"
Und ich verspreche, es werden dort auch bestimmt
keine polizeilichen Fachgespräche geführt. Die
meisten anderen Gäste kommen alle aus dem
Sportverein von Wolfgang.*
*Ich denke, wenn wir um 21.00 Uhr dort sind –
übrigens wohnt er in Schwanheim – ist das genau die
richtige Zeit und das Essen ist dann bestimmt auch
schon fertig.*

Im Geiste ging sie schnell ihren Kleiderschrank durch
und überlegte was sie zu einer Grillparty anziehen
sollte. *Gerne komme ich mit, wenn ich noch erfahren*

kann, ob das Fest mehr in Partykleidung oder mehr in lockerer Freizeitkleidung stattfindet. (Hoffentlich war keine Partykleidung erforderlich, denn da sah es in ihrem Kleiderschrank doch etwas leer aus)
Aber Omar beruhigte sie: *ich werde Jeans und T-Shirt und für den Abend einen Pullover anziehen.*

Nachdem die Einladung besprochen war, unterhielten sie sich noch eine ganze Weile und die Zeit verging wie im Flug.
Nachdem Sie aufgelegt hatte, fühlte sie sich zwar beschwingt aber auch nachdenklich. Irgendwie war er ihr heute abends ein wenig bedrückt erschienen. Vielleicht hatte er ja auch nur Ärger im Büro gehabt oder einen schwierigen Fall zu bearbeiten.
Auf jeden Fall freute sie sich auf den morgigen Abend und beschloss auch morgen wieder früher das Büro zu verlassen, um sich für den Abend in Ruhe fertig machen zu können.

Als Franziska die Türklingel hörte, war sie gerade dabei ihre Handtasche zu packen. Sie eilte zur Tür und Omar stand in Jeans, hellblauem Polohemd und einer cognacfarbenen Wildlederjacke vor ihr und sah unverschämt gut aus.
Sie bot ihm noch einen Orangensaft an und eilte nervös ins Bad um noch einen letzten Blick in den Spiegel zu werfen. Es hatte sich rentiert, dass sie heute früher das Büro verlassen hatte um sich in Ruhe auf den Abend vorzubereiten.
Als sie mit ihrer Handtasche unter dem Arm auf ihn

zukam, strahlte er sie an: *Sie sehen wunderschön aus heute Abend.*

Verlegen aber zugleich stolz verließ sie mit ihm die Wohnung und genoss es, dass er ihr die Wagentür aufhielt. Auf dem Weg zur Grillparty beschrieb er einen großen Teil der dort anwesenden Gäste. Einige Kollegen der Polizei, aber auch einige Zollbeamte vom Flughafen und Sportkollegen von Wolfgang würde sie heute Abend kennenlernen. Die Fahrt dauerte kaum 20 Minuten und dann fuhren sie auch schon in eine ruhige Straße mit kleinen Einfamilienhäusern ein.

Das interessante an dieser Gegend war, dass auf der einen Straßenseite kleinere Häuser mit großzügigen Vorgärten standen. Die andere Straßenseite hatte zwar noch einen gepflasterten Gehweg aber danach begann sofort der Stadtwald.

Es war eine fast ländliche Umgebung. Sie hatten Glück und fanden einen Parkplatz nicht weit vom Haus entfernt. Schon auf der Straße hörte man Stimmengemurmel und Lachen aus dem hinteren Gartenteil.

Sie hatten noch nicht geläutet, als ein riesiger schwarzbrauner Schäferhund laut bellend auf die Gartentür zu rannte.

Franziska zuckte unsicher ein wenig zurück und griff hilfesuchend nach Omars Hand. Ein etwa 9-jähriger blonder Junge kam hinterher gerannt. *Keine Angst der beißt nicht, der bellt nur fürchterlich laut.* Omar begrüßte den Jungen: *Hallo Patrick, na hat das mit der Hundeschule immer noch nicht geklappt?* Er wandte sich zu Franziska um: *Wolfgang behauptet immer, dass er die Hundeerziehung auch alleine in den Griff bekommt, aber wie man sieht - er braucht noch ein wenig Übung -.*

Patrick öffnete das Gartentor und die beiden konnten eintreten.

Der Hund hatte sich inzwischen beruhigt und trottete langsam in seine Ecke des Gartens, wo er nicht nur eine Decke sondern auch einige Kauknochen liegen hatte.

Im hinteren Teil des Gartens warteten schon ca. 30 Gäste auf die ersten Würstchen. Franziska konnte sich die vielen Namen nicht merken, stellte aber schon nach kurzer Zeit fest, dass die Zoll – und die Polizeikollegen enger miteinander befreundet schienen. Auch die Ehefrauen und Begleiterinnen waren gut miteinander bekannt. So dass es zwei Gruppen gab, zum Einen die Kollegen und zum Anderen die Sportfreunde und Nachbarn.

Sie wurde herzlich in dem Kreis aufgenommen und fand sich schon nach kurzer Zeit in der Küche der Gastgeber wieder, wo sie beim Anrichten der Salate mithalf. Die kleine Tochter des Gastgebers wollte ihr unbedingt ihr neueingerichtetes Zimmer zeigen und zog sie an der Hand mit sich in die erste Etage.

Franziska fand sich in einem rosafarbenen Prinzessinentraum wieder. Ein liebevoll eingerichtetes Mädchenzimmer mit neuem Plasmafernseher , neuem Computer und nagelneuer Musikanlage und das alles schon für ein ca. 7 Jahre altes Kind.

Das musste teuer gewesen sein, entweder hatten die Eltern längere Zeit gespart, oder ein Polizist verdiente wirklich mehr als sie bis dato immer gedacht hatte.

Überhaupt hatte sie im Laufe des Abends häufiger das Gefühl, dass der Kollege Wolfgang finanziell sehr gut abgesichert schien.

Franziska, was geht es dich überhaupt an! sie fragte sich warum sie ein solches Interesse an den finanziellen Verhältnissen eines ihr bis heute früh völlig unbekannten hatte. Wahrscheinlich hatte er eine wohlhabende Frau geheiratet.

Für den restlichen Abend wollte sie lieber die Gegenwart von Omar genießen. Er war wie auch schon bei ihrem ersten Treffen, sehr aufmerksam und achtete darauf, dass sie sich nicht alleine inmitten der ihr unbekannten Partygäste fühlte.

Wolfgang war außerordentlich zuvorkommend und bemühte sich um Omar wie auch um sie. Doch trotz allem erschien ihr sein Verhalten ein wenig unaufrichtig.

Die Gespräche drehten sich natürlich nach einer Weile doch um berufliches, aber nach einigen Einwendungen der Ehefrauen oder Begleiterinnen waren Fußball und die diesjährigen Urlaubspläne das beherrschende Thema.

Einige Kollegen vom Zoll wollten zusammen eine größere Klettertour in der Schweiz unternehmen, und die Frauen und Kinder wollten dann nach einer Woche nachkommen und gemeinsam einige Tage im Wallis verbringen. Omar erklärte im frühen Herbst für 3 Wochen nach Ägypten fahren zu wollen und Wolfgang erklärte völlig entsetzt, dass ihm alle südlichen Länder incl. Ägypten viel zu heiß wären.

Nein, sein Traumurlaub wäre Schweden, Norwegen oder evtl. noch Dänemark aber diese Hitze im Süden wäre ihm zuviel.

Auch seine Frau stimmte ihm zu, dass ein Urlaub südlich der Alpen für sie nicht in Frage käme.

Wie dramatisch die beiden doch betonen müssen, dass sie lieber im Norden Urlaub machen wollen, dachte Franziska nachdenklich.

Alle waren sehr nett hier, aber dieser Wolfgang gefiel ihr aus irgendwelchen unerfindlichen Gründen nicht. Er inszenierte seine Auftritte und Aussagen so sehr.

Natürlich würde sie dies   Omar gegenüber nicht erwähnen, sie konnte sich ja schlecht beim 2. Date als ausgesprochene Zicke präsentieren.

Es wurde langsam recht kühl und Omar bot ihr fürsorglich seinen warmen Pullover an, nachdem er ihr ein Glas mit Erdbeerbowle gereicht hatte und dabei feststellte wie kalt ihre Hände waren. Gerne ließ sie sich den Pullover um die Schultern legen und konnte dabei sein Eau de Toilette schnuppern.

Mit dem Duft in der Nase und der Tatsache, dass es sein Pullover war, hätte sie auch die ganze Nacht in dem immer kälter werdenden Garten verbracht. *Oh mein Gott, Franziska – Du bist keine 17 Jahre mehr – langsam sollte dich ein Männerpullover nicht mehr aus der Bahn werfen.*

Aber Omar bemerkte ihr Frösteln und sie begannen sich nach und nach von den anderen Gästen und dem Gastgeberpaar zu verabschieden. Im Wagen drehte er sofort die Heizung ein wenig auf und lächelte sie an: *ich hoffe der Abend war nicht zu langweilig?*

Nein, keinesfalls es war interessant zu erleben, dass

auch Zollbeamte große Urlaubsträume haben.
Dabei denkt man doch unwillkürlich, dass Zöllner
auch viel reisen oder doch wenigstens irgendwelche
Vergünstigungen beim Reisen haben. Wobei man sich
nicht wirklich Gedanken macht, warum ein
Zollbeamter auch gleich ein Vielflieger sein soll.
Aber dieser „ Duft der großen weiten Welt „ am
Flughafen hat schon etwas.

Viel zu schnell waren sie wieder vor Franziskas
Wohnung angekommen. Omar brachte sie sehr
höflich bis zur Haustür zog sie kurz an sich und gab
ihr einen zärtlichen, vorsichtigen Kuss auf den Hals.
Schlaf gut Franziska – ich rufe Dich morgen Abend
an, falls Du zu Hause bist. Mit einer liebevollen
Geste strich er ihr über die inzwischen nicht mehr
ganz so formvollendet liegenden Haare und ging
dann zu seinem Wagen.

Nach diesem Abend konnte sie nicht so schnell
einschlafen und zog sich noch für eine Weile auf das
Sofa zurück. In Gedanken zappte sie durch alle
Programme und blieb bei Tele 5 hängen, was ist das
denn für ein Sender – ewig Starwars und solche
Serien wie nervig. Aber unter dem Film lief ein Band
mit einem sehr interessanten Text mit: zum 5-
jährigen Geburtstag des Senders erhalten die ersten
5.000 Anrufer eine Nilkreuzfahrt geschenkt für 2
Personen – und man muss nur anrufen.
So ein Quatsch, dachte Franziska *das hat doch*

sicherlich einen Haken, aber was soll's ich ruf einfach mal an.
Und wie sollte es auch anders sein, : *Herzlichen Glückwunsch, Sie haben gewonnen, geben Sie uns nach dem Piepston Ihre Rufnummer und Sie werden in den nächsten Tagen eine Nachricht von uns erhalten. Aber hängen Sie danach nicht einfach ein, wir werden sie weiterverbinden mit unseren Kollegen und haben ein interessantes Angebot für Sie. Ein Lotto-Los.*

Franziska gab ganz brav die Telefonnummer von zu Hause und vom Handy an, aber bei der Lottowerbung erklärte sie, dass diese geschäftlichen Dinge nur von ihrem Ehemann erledigt werden können, diese geschäftlichen Angelegenheiten würden nur vom Herrn des Hauses abgewickelt.

Stell dir vor, du gewinnst eine Nilkreuzfahrt (allerdings ohne Flug) das wäre doch super, sie führte schon Selbstgespräche.
Ja, aber wen sollte sie mitnehmen, dieser Gedanke beschäftigte sie für den Rest des Abends. *Ich hab 'noch nicht gewonnen, aber ich plane schon das Mittagessen. Typisch für dich Franzi, du bist und bleibst eine Träumerin.*

Die nächsten Tage vergingen wie gewohnt und wurden nur durch liebe Anrufe am Abend unterbrochen.
Doch dann, sie stand mitten in der Küche oder besser

im Chaos ihrer Küche, - es gab gute Hausfrauen die kochen, backen und spülen konnten und alles zur gleichen Zeit, und die Küche sah trotz allem noch immer organisiert aus – da läutete ihr Handy.

Na wunderbar, mit Hefeteig-Händen ans Telefon gehen, das war schon immer mein Traum.

Ja, Hallo ? meldete sie sich leicht entnervt.

Guten Abend hier ist das Gewinnspiel von Tele 5, wir wollten mit Ihnen Ihre Reise nach Ägypten besprechen.

Wir senden Ihnen in den nächsten Tagen die Reiseunterlagen zu und Sie überlegen sich einen Termin. Auf Sie kommen nur die Ticketkosten zu, Sie können die Tickets natürlich gerne über unser angeschlossenes Reisebüro buchen.

Nein, das konnte doch nicht sein, sie hatte tatsächlich gewonnen.

Wen nehme ich denn da bloß mit??

Jetzt war der Kuchen völlig egal, jetzt musste sie in ihrer Aufgeregtheit erst mal ihre Kinder anrufen.

Nach ausführlichen Erklärungen und Begeisterungs-Bekundungen war klar, die jüngste Tochter Vicky würde mitfahren.

Jetzt musste nur noch der passende Termin und die passenden Flüge gefunden werden. Vicky wollte 1 Woche mitfahren und nach der Nilkreuzfahrt wieder zurückfliegen, denn sie hatte nicht genügend Resturlaub.

Franziska überlegte aber ob sie noch eine oder zwei Wochen weiter in Luxor bleiben sollte. *Wenn ich schon mal dort bin, kann ich auch gleich noch ein wenig länger bleiben, denn der Flug wird dieses Jahr nicht gerade preiswert,* überlegte sie laut.

Als sie sich in der Küche noch einen Tee aufsetzen wollte, stellte sie mit Erschrecken fest, dass sie den Kuchen komplett vergessen hatte. *Na gut, du wirst jetzt kein „Quetschekuchen „ mehr du wirst ein Streuselkuchen.* Jetzt noch Pflaumen entkernen, dazu hatte sie keine Lust mehr, Streusel zusammenrühren ging eindeutig schneller. Außerdem würde sich ein Streuselkuchen auch gut einfrieren lassen, so hoffte sie jedenfalls.

Franziska war nicht gerade berühmt für ihre Kochkünste und für sich alleine hatte sie in den letzten Jahren nicht viel Aufwand betrieben.

Aber wenn die „Beziehung „ konnte man das schon so nennen, zu Omar etwas enger würde, wollte sie doch als Superköchin dastehen, *oh je das wird noch eine Menge Übung verlangen, bis ich wieder sagen kann : da zaubere ich uns doch schnell mal was Leckeres.*

Die nächsten Tage im Büro verliefen recht eintönig, Omar hatte sich zwar regelmäßig abends gemeldet aber er schien ein wenig nachdenklich oder zerstreut zu sein. Er deutete nur etwas von

„ ein wenig Ärger im Kollegenkreis „ an, und sie traute sich auch nicht nachzufragen.

Am Wochenende wollten sie sich treffen und das Mainfest unsicher machen.

Aber der Feierabend wurde Franziska eindeutig versüßt, ein Blick in den Briefkasten zeigte ihr, dass dieses Reisebüro von Tele 5 geschrieben hatte.
Darin fand sie eine kleine Reisebeschreibung mit netten Bildern und einer detaillierten Reisebeschreibung. Sicherheitshalber wollte sie die Unterlagen doch noch einmal ihrem Reisebüro zumailen und fragen ob das Ganze wirklich seriös war und dann die Flüge auch dort buchen. Denn wenn man den Flug schon mit der einheimischen Fluggesellschaft beginnt ist der Urlaub um mindestens 5 Stunden länger, und dass beim Hin-und-Rückflug.

Omar zeigte sich überrascht über den unverhofften Gewinn und gratulierte ihr. *Wenn Du möchtest würde ich dich und Deine Tochter gerne zum Flughafen bringen und Euch auch wieder abholen,* schlug er liebevoll vor.

Das wäre schön, aber noch schöner wäre wenn Du zum gleichen Zeitpunkt auch fliegen könntest. Denn wenn du ein wenig Zeit erübrigen könntest, stelle ich es mir interessanter vor mit Dir in Luxor essen oder einkaufen zu gehen, als gleich auf den ersten Blick überall als Touristin erkannt zu werden.

Wann werdet Ihr denn fliegen? habt Ihr schon einen Termin ins Auge gefasst?

Ja, meine Tochter hat nur noch eine Woche Resturlaub und die kann sie im August nehmen, ich möchte aber gerne noch eine oder zwei Wochen anhängen.

Wenn du in der ersten Septemberwoche noch in Luxor bist, könnten wir ein paar Tage zusammen verbringen – ich möchte dieses Jahr zu Ramadan in Ägypten sein, und dort auch ein paar Bekannte und Freunde und nicht zu vergessen meine früheren Kollegen besuchen.
Aber eine Woche möchte ich Dir gerne „ mein Ägypten" zeigen.
Sobald also Eure Termine stehen sag mir Bescheid und wir versuchen dann eine Woche für uns und Luxor festzuhalten.

Davon hatte sie heimlich in den letzten Tagen geträumt, es konnte so einfach und schön sein das Leben, und hoffentlich blieb das auch so.
Die nächsten Wochen vergingen wie im Fluge – konnte das nicht auch in der übrigen Zeit des Jahres so sein.
Franziska versuchte so viel und so schnell wie möglich in ihrem Sprachkurs zu lernen, sie wollte Omar (und eigentlich auch ihrer Tochter) zeigen, dass der Kurs bisher nicht ganz vergeblich war. Vielleicht trafen sie in Luxor ein paar Bekannte oder Kollegen von Omar, und sie sollte sich nicht blamieren.
Also hörte sie jetzt auch jeden Morgen und Abend auf dem Weg ins Büro oder nach Hause über ihren kleinen MP3-Player ihre Lektionen. Es war ihr aber Gott sei Dank bisher nur einmal passiert, dass sie laut mitgesprochen hatte.
Alle Umstehenden hatten sie leicht merkwürdig angeschaut, aber in einer Großstadt wie Frankfurt war

sie sicherlich nicht die einzige „ Merkwürdige „ in der U-Bahn.

Die Kolleginnen waren zunächst misstrauisch über den Gewinn gewesen, aber als dann die Unterlagen mit den Angaben über das Schiff und eine Kontakt-Telefonnummer des Reisebüros in Luxor kam, waren auch die letzten Zweifel beseitigt.

Vicky kam zweimal vorbei um die übliche Kofferfrage zu klären:
„ *Wenn ich in meinen Koffer nicht alles reinbekomme, hast Du dann noch ein wenig Platz für ein paar T-Shirts? und kannst Du auch alle Duschsachen, etc. mitnehmen? „*
Das hieß aber eigentlich nur in der Übersetzung: *Ich freue mich darauf ein paar Tage mit Dir Urlaub machen zu können.*

So langsam wuchs die Vorfreude und die Vorstellung auch mit Omar ein paar Tage im Urlaub zu verbringen.
Und wenn er sie wirklich zum Flughafen bringen wollte, wäre das eine günstige Gelegenheit ihn mit Vicky bekannt zu machen, das wäre dann nicht so aufgesetzt geplant, sondern kurz und zwanglos.

Die nächsten Wochen vergingen mit Vorbereitungen, wer versorgte die Schildkröte der Tochter – wer übernahm das Blumengießen – und das wichtigste was ziehe ich am Abreisetag an, muss noch etwas besorgt werden ?

Der Morgen der Abreise war verregnet und grau. Franziska war schon den ganzen Morgen aufgeregt und rannte zum bestimmt siebzehnten Mal ins Bad. Endlich so gegen zehn Uhr läutete es und ihre Tochter kam beladen mit einem Koffer der ganz bestimmt mehr als 20 kg wog, langsam die Treppe herauf.

Ab wie konnte man als Mutter verlangen, dass die Tochter sich an die Gewichtsangaben halten sollte, wenn sie selbst es nie schaffte. Jede Urlaubsreise endete mit dem spontanen Kauf einer Reisetasche um die ganzen Einkäufe zu verstauen.

Auch das Zittern am Eincheck-Schalter gehörte zu diesem Ritual, würde es Übergepäck kosten oder hatte sie wieder einmal Glück gehabt.

Sie tranken noch einen Tee und versuchten die Zeit bis zum Eintreffen von Omar mit dem nochmaligen sortieren der Reiseunterlagen zu verbringen. Weil es keine „richtigen" Flugtickets mehr gab, hatte sich Franziska mehrere Kopien der Flugbestätigung kopiert und im Waschbeutel, im Koffer - Innenfach, und in der Handtasche sowie natürlich bei den Reiseunterlagen verstaut. Und natürlich das ganze doppelt, auch für Vicky.

Kurz vor zwölf Uhr kam dann Omar und Franziska war froh als sie die Vorstellungsgeschichte hinter sich gebracht hatte.

Omar kam lächelnd, beladen mit einer Tasche mit

Zeitschriften aller Art – für Franziska ein paar Herz-Schmerz-Zeitschriften und den Spiegel, Focus und den Stern – für Vicky hatte er die „in touch", besorgt. *Ich wollte Euch etwas zum lesen besorgen, hatte aber keine Ahnung und habe mich daher von der Verkäuferin beraten lassen. Hoffentlich habe ich wenigstens etwas Passendes dabei erwischt,* sagte er verlegen lachend.

Vicky leerte die Tasche gleich und teilte die Zeitschriften auf, wobei spätestens am ersten Nachmittag an Deck die Zeitschriften fair geteilt würden.

Franziskas Bedenken waren überflüssig gewesen, die beiden verstanden sich auf Anhieb gut.

Nach einer knappen halben Stunde verließen sie gemeinsam die Wohnung und verstauten das Gepäck in Omars Wagen. Der Weg zum Flughafen stellte um diese Uhrzeit kein Problem dar, und es fand sich auch im Parkhaus ein Platz ganz in der Nähe des Aufzuges. Dank Omars Hilfe am Schalter – er kannte scheinbar einige Mitarbeiter dort, hatten sie recht schnell eingecheckt und gute Plätze mit Beinfreiheit (neben dem Notausgang) erhalten.

Jetzt kam der traurige Teil des Tages, und Franziska spürte wie ihr so langsam die Tränen in die Augen traten. Aber Omar beschäftigte sie mit einer Liste von Telefonnummern unter denen er erreichbar war, und einer Adressenliste in Luxor wenn sie irgendwelche Probleme bekommen sollte.

Zum Abschied nahm er sie leicht in den Arm, und küsste die ganz zärtlich auf die Wange, auch Vicky

wurde kurz umarmt und dann mussten sie auch schon durch die Kontrolle gehen.
Sie hatten wirklich gute Plätze erhalten und die Maschine war zum Glück nur schwach besetzt. So konnten sie sich auf allen drei Plätzen breit machen, und es gab kaum Gerenne und Geschiebe im Gang.

Glaubst Du wir haben ein schönes Schiff und eine nette Kabine, fragte Vicky ein wenig unsicher. *Und was machen wir wenn es doch ein Problem mit diesem Gewinn gibt?*
Werden wir die Anlegestelle finden? Da liegen die Kreuzfahrtschiffe doch immer mehrreihig nebeneinander. Woher kann man denn von der Straße aus sehen, welches Schiff nun in dritter oder vierter Reihe auf dem Wasser liegt.

Auch Franziska machte sich nun Gedanken, wie sie das Schiff finden sollten. *Hätten wir beim Reisebüro von Tele 5 gebucht, wären wir abgeholt worden, aber wir werden doch wohl in der Lage sein, am Flughafen ein Taxi zu nehmen und dem zu erklären dass wir zur Anlagestelle gegenüber des Etap-Hotels wollen. Wir bewegen uns einfach total selbstsicher, das hilft immer. (Hoffe ich doch)*

Und tatsächlich es half – beide hatten am Flughafen das Glück schnell ihr Gepäck zu finden. Das Visum hatten sie schon in Frankfurt besorgt, das war zwar nicht nötig aber man vermied die lange Warteschlange am Flughafen.
Auch am Bankschalter waren nur zwei Fluggäste vor Ihnen, sie tauschten für die nächsten Tage das Geld

und dann machten sie sich schon auf den Weg sich für eine der vielen wartenden Taxen zu entscheiden.

Vicky hatte eine kleine Gruppe mit Fluggästen erkannt die einem mittelgroßen jüngeren Mann folgten der ein großes Schild mit der Aufschrift „ Big Extra-Tours „ trug.

Ich weiß ich bin eine Hexe, aber wenn wir vor denen auf dem Schiff sind, haben wir die Chance eine gute Kabine zu bekommen. Omar hat mir erklärt, dass wir keinesfalls über dem Maschinenraum schlafen sollten, auch unter der Disco wäre es nicht so empfehlenswert – außer wir wären selbst die letzten Gäste abends.

Als sie aus dem Flughafengebäude traten schlug ihnen die Hitze entgegen. Aber es war eine angenehme Hitze, trockene Luft und Franziska hatte seit vielen Monaten wieder das erste Mal das Gefühl richtig tief durchatmen zu können. Ja, das war das richtige Klima für einen Asthmatiker dachte sie, aber für solche Überlegungen hatten sie keine Zeit.

Nach kurzer Entscheidung hatten sie den passenden Taxifahrer gefunden, der ihnen versicherte die Anlegestelle gegenüber dem Etap-Hotel zu finden.

Das lustige ist, ganz Luxor nennt noch immer dieses Hotel – es heißt seit vielen Jahren Mercure-Inn, noch immer Etap-Hotel, und auch in allen Reiseunterlagen wird es noch immer so genannt.

An der Corniche war um diese Zeit nicht viel Verkehr nur einige Kutschen und die Reisebusse waren unterwegs.

Der Taxifahrer war sehr nett und gegen ein Trinkgeld half er sogar bei der Suche nach den am Straßenrand wartenden Matrosen, die sich des Gepäcks annahmen. Hocherhobenen Hauptes marschierten Mutter und Tochter hinter den beiden her, in der Hoffnung dass man sie auch sicherlich auf das richtige Schiff bringen würde.

„ Reve du Nil" hieß das Schiff laut der Unterlagen.

Gelandet waren sie aber auf der „ Flash II „ der freundliche junge Mann an der Rezeption konnte sie nach zwanzigminütigem diskutieren und Nachfragen beruhigen, die Schiffe waren vom Veranstalter ausgetauscht worden.
Er drückte ihnen gerade den Kabinenschlüssel in die Hand, und der ältere kleine Mitarbeiter vom Housekeeping nahm ihr Gepäck zum Teil auf die Schulter, und zum anderen Teil in die Hand und stapfte langsam die Treppen zum oberen Deck empor, als ein Stimmengewirr die Reisegruppe vom Flughafen ankündigte.
Sie hatten die Kabine direkt über dem Eingang erhalten und Franziska konnte mit ihrer angeborenen Neugier nun genau beobachten wer das Schiff betrat und wer es verließ.

Die Kabine war recht großzügig eingerichtet, so dass sie sicherlich ausreichend Platz für das ganze Gepäck finden würden. Auch das Badezimmer bot genug Ablagemöglichkeiten für alle mitgebrachten Schönheitsutensilien von Vicky.
Sie machten sich nur kurz frisch und eilten dann auf das über ihnen liegende Sonnendeck. Franziska versuchte mit einem raschen Blick einen

Lieblingsplatz ausfindig zu machen. Sie wollte gerne im Halbschatten hinter der Bar einen bequemen Rattansessel sofort belegen, aber Vicky wollte lieber in die pralle Sonne am Bug des Schiffes, neben den Pool.

Man einigte sich schließlich darauf, den Sessel mit einem Buch zu blockieren und dann zwei Liegen in der Sonne zu beziehen.

An Deck war kurz darauf schon ein reges Kommen und Gehen und die restlichen Passagiere wollten alle einen schnellen Blick
auf das Sonnendeck und die Anlegestelle sowie das gegenüberliegende Ufer werfen.

Als Ablegezeit war 16:00 bis 18:00 Uhr angegeben worden, aber bis alle Gäste eingetroffen waren, war es 21:00 Uhr und das Schiff legte erst bei vollständiger Dunkelheit los.

Im Laufe des frühen Abends waren noch zwei weitere Schiffe neben ihnen angekommen und es begann ein großes rangieren bis die Flash II endlich losfahren konnte.

Franziska und Vicky begaben sich langsam eine Etage nach unten und zogen sich für das erste Abendessen um.

Ihre Kabine lag nur wenige Schritte vom Speisesaal, oder sagte man besser Restaurant, entfernt.

Es waren noch wenige Gäste eingetroffen und so konnten sie sich in Ruhe einen netten Platz aussuchen. Der Restaurantleiter erklärte jedem Gast, dass sie die einmal ausgewählten Plätze für die gesamte Reise beibehalten mögen. Vicky und Franziska waren damit sehr einverstanden, denn sie hatten sich zwei Plätze am Fenster ausgesucht.

Nach und nach trafen nun auch an ihrem Tisch die anderen Gäste ein. Es waren ein Ehepaar mittleren Alters aus der Umgebung von Eisenach und ein russisches Ehepaar. Der russische Ehemann hatte die Erscheinung dieses riesengroßen, merkwürdig aussehenden russischen Boxers und die dazugehörende Ehefrau war eher klein und zierlich. Beide nickten mehr als unfreundlich ein *Guten Abend*, aber sie saßen gottlob am Ende des Tisches. Nun waren nur noch zwei Plätze frei.

Während das Eisenacher Ehepaar und Franziska sich am Büffet bedienten, hatte sich noch ein Paar zu ihnen an den Tisch gesellt.

Eine schlanke blonde Münchnerin, geschätzte 50 Jahre und ein interessant aussehender, etwas südlich erscheinender Mann vielleicht einige Jahre älter.

Sie stellten sich gleich vor, dass heißt eigentlich führte die Münchnerin das Wort und er nickte ergeben dazu. Sie erzählte, dass auch sie eine Tochter mit Namen Vicky habe etwa im gleichen Alter, und dass Vincenzo – so hieß ihr südländisch aussehender Begleiter – der Vater von Vicky sei.

Bis zu diesem Moment hatte es eigentlich noch keinen interessiert, wie die Vaterschaftsverhältnisse innerhalb dieser Beziehung waren, aber jetzt war ja für Klarheit gesorgt.

Es wurde ein sehr netter Abend und die Gäste wurden nach dem Abendessen noch zu einer kleinen Begrüßung in die über dem Restaurant liegende Bar gebeten.

Franziska konnte hier in einer der kleinen halbrunden Sitzgruppen einen Blick auf die ganze Gästeschar werfen und stellte fest, dass etwa die Hälfte der Gäste eine französische Reisegruppe, auf der linken Seite und die restlichen Gäste alle aus Deutschland kommend die rechte Seite belegt hatten. Eigentlich albern dachte sie, dass man auch im Urlaub unter sich bleiben sollte.

Doch hinten in der linken Ecke in der Nähe der Bar, kam ihr ein Gesicht im Halbdunkel irgendwie bekannt vor.

Du wirst doch nicht schon wieder irgendwelche Bekannte getroffen haben, murmelte Vicky etwas genervt.

Nein, ich denke nicht, aber ich habe das Gefühl ich kenne diesen braunhaarigen da vorne – der mit dem dunkelblauen T-Shirt.

Franziska schaute unauffällig immer wieder in diese Richtung.

Dieser Fast-Unbekannte schien sich großartig mit dem Personal zu unterhalten, es sah von weitem fast so aus, als wäre das alte Bekannte.

Du hast eindeutig zu viel Phantasie Mama, der Typ da vorne hat wahrscheinlich schon ein oder zwei Gläser an der Bar genommen und verbrüdert sich schnell.

Ja, ich denke Du hast recht, aber irgendwie kenne ich den doch!

.

Sie bestellten sich jeweils einen wunderschön bunten Cocktail der aber leider nur bunt schmeckte und hörten endlich den Ausführungen des Reiseleiters zu.

Der hatte seine liebe Mühe erst in Deutsch das Ganze zu verkünden, aber ein Kollege übernahm dann die französische Gruppe.

Es wurden Gesamtausflugspakete angeboten, und Vicky sollte alle Ausflüge unbedingt mitmachen. Franziska besuchte lieber alleine die einzelnen Ausflugsstätten, aber mit ihrer Tochter zusammen, stellte auch sie sich das Ganze interessant vor.
Die Eindrücke mit einem Menschen teilen zu können, war vielleicht doch schöner, als alleine nur in Gedanken versunken die historischen Plätze einer vergangenen Kultur zu besichtigen.

Sie buchten zweimal das Ausflugspaket und waren demnach jeden Vormittag der vor ihnen liegenden Woche beschäftigt.
Für den ersten Morgen war der Edfu-Tempel vorgesehen. Auch die anderen Tischpartner hatten eifrig Ausflüge gebucht. Karin und Bernd sowie Anne - allerdings ohne ihren Vincenzo - würden an diesem Ausflug teilnehmen.

Nach dem offiziellen Begrüßungsteil, leerte sich die Bar recht schnell, denn der Ausflug sollte schon am frühen Morgen stattfinden.
Beim Verlassen der Bar wandte sich Franziska noch einmal kurz um und erkannt ihn. Der Mann im blauen T-Shirt – das war doch WOLFGANG – Omars Kollege. Sieh mal an, dass war doch der Mann, der keinesfalls in südliche Länder reisen wollte, nur nordische Länder mit kühleren Temperaturen und dann wäre seine Reisezeit nur im Winter.

Sie überlegte hektisch, ob sie sich bemerkbar machen sollte, beschloss aber aufgrund einer inneren Eingebung, sich eiligst in die Kabine zu begeben. Vicky konnte kaum Schritt halten mit ihr. *Oh mein Gott, warum hast Du es denn auf einmal so eilig?*

Ich weiß jetzt wer der Mann im blauen T-Shirt ist – das ist Wolfgang ein Kollege von Omar. Und das merkwürdige ist, er hat mit keinem Wort Omar gegenüber erwähnt, dass er nach Ägypten fährt. Ich habe ihn vor einiger Zeit bei einem Grillfest kennengelernt, und da haben er und seine Frau großspurig immer wieder betont, dass für sie ein Urlaub in einem warmen südlichen Land niemals in Frage käme. Die skandinavischen Länder hätten es ihnen angetan, und auch nur im Winter.
Ich finde das äußerst merkwürdig!

Zurück in der Kabine wollten sie das Geheimnis des im Schrank eingebauten Safes lösen.
Die beiliegende Beschreibung klang so wunderbar einfach und erinnerte in ihrer klaren Formulierung sehr an IKEA-Anleitungen. Nach einer guten halben Stunde war das Wunder vollbracht und der Safe war offen. Franziska wollte aber auf Nummer sicher gehen und beschloss zunächst einmal eines der im Bad liegenden Seifenpäckchen einzuschließen und zu testen ob er sich mit der tollen Geheimnummer dann immer noch öffnen konnte. Vicky legt noch ein verpacktes Duschhäubchen und die ebenfalls aus dem Bad stammende kleine Schuhcreme dazu.
Mit einem selbstsicheren Lächeln verschloss

Franziska die Tür und wie sollte es auch anders sein, sie konnte sie natürlich nicht mehr öffnen.

Leicht genervt gab Vicky die Geheimnummer, es war das Geburtsdatum ihrer Schwester ein, und siehe da die Tür blieb zu.

Franziska warf noch einen kurzen Blick in den Spiegel im Bad und begab sich dann eine Etage tiefer zur Rezeption. Der junge Mann an der Rezeption konnte sich ein Lachen kaum verbergen blieb aber sehr höflich und bat seinen Kollegen von der Buchhaltung doch mit einem Generalschlüssel bewaffnet Abhilfe zu schaffen.

Vicky stand schon vor der geöffneten Schranktür und wartete auf die beiden.

Mit einigen wenigen Handgriffen war der Safe offen und der Blick des Buchhalters auf den kostbaren Safe-Inhalt war Mutter und Tochter mehr als peinlich. Auch die folgenden Erklärungen machten alles nur noch lächerlicher. Trotzdem erklärte er mit einer Engelsgeduld den beiden wie sie in Zukunft ihre Seife und Duschsachen sichern könnten.

Na, das war genau der Einstieg um auf diesem Schiff gleich bekannt zu werden. Wir sind doch jetzt das Gespräch bei den Mitarbeitern des Empfangs – diese beiden bescheuerten Touristen die Seife etc. in den Safe sperren, Vicky traten die Tränen in die Augen vor lauter Lachen.

Wir werden das morgen früh ausgleichen, wenn nicht mit flotten Sprüchen, dann doch mit einem flotten Trinkgeld, dann denken die sich sicherlich: etwas verrückt aber wenigstens großzügig, stellte Franziska fest.

Beide nahmen sich eine leichte Jacke und eilten nach oben auf das Sonnendeck.

Es war eine wunderschöne Nacht und bestimmt noch 25 Grad warm. Aber der Unterschied zum Tag vermittelte einem das Gefühl, dass es ein wenig frisch sei.

Es war ganz still und man konnte nur leise die Maschine des Schiffes hören. Außer Ihnen war nur der Manager des Schiffes in seiner weißen Uniform am Heck des Schiffes in einem der bequemen Rattansessel zu erkennen.

Sie kuschelten sich in ihre Jacken und saßen am Rand des Pools und wollten die Stille der Nacht auf dem Nil genießen, als sie leise Schritte hinter sich hörten.

Das Ehepaar aus Eisenach – wie hießen sie noch.- ach ja, Karin und Bernd wollten auch noch ein wenig die südliche Nacht genießen.

Gemeinsam standen sie wenig später am Bug des Schiffes und bewunderten wie sich die Nil-Kapitäne im Dunklen orientieren konnten.

Denn das einzigartige an den Nilkreuzfahrten ist, dass die Kapitäne nachts ohne Licht fahren. An allen Schiffen sind Radargeräte und alle technischen Errungenschaften zu finden, aber keiner der Kapitäne würde sie je benutzen. Sie kennen nur aufgrund ihrer jahrelangen Erfahrung die Gegebenheiten und die Strömungen und Sandbänke des Nils.

Wenn sich zwei Schiffe sehr nahe kommen, begrüßen sie sich nur durch ein kurzes Hupen oder Anblinken mit den Scheinwerfern.

Es waren immer zwei Kapitäne auf den Schiffen eingesetzt.

Einer war im Tag- und einer im Nachtdienst tätig.

Die Kapitäne hatten ihre Kabinen direkt hinter ihrem Arbeitsplatz und hatten zu den Passagieren eigentlich keinen Kontakt.

Alle Belange der Passagiere wurden durch das Hotel-Management abgewickelt.

Eine weitere Besonderheit zu anderen Kreuzfahrtschiffen ist, dass die Kapitäne keine Uniform tragen. Man erkennt sie an ihren Galabiyas . Meist in dunklen Farben, aber auch Hin-und wieder vor allem im Sommer, in den für Oberägypten typischen weißen Galabiyas.

Karin und Franziska kamen langsam in ein nettes Gespräch in dessen Verlauf Karin fragte: *Wo habt Ihr denn die Reise gebucht?*

Franziska erzählte stolz von ihrem Gewinn bei dem Fernsehsender. Woraufhin Karin und ihr Mann in lautes Lachen ausbrachen: *wir auch!!*

Die beiden hatten jedoch noch eine Verlängerungswoche am Roten Meer gebucht, wohingegen Vicky nach der Woche schon nach Hause fliegen würde.

Karins Mann ging mit Vicky nochmals in die Bar und besorgte Kaffee für alle. Karin und ihr Ehemann hatten schon einmal vor einigen Jahren am Roten Meer einige Tage Urlaub verbracht, aber Oberägypten war Ihnen fremd.

So freuten sich alle auf den Ausflug am nächsten Morgen und nach dem belebenden Kaffee gingen sie putzmunter die Treppe hinunter um in ihren Kabinen bestimmt nicht so schnell einschlafen zu können.

Der Weckruf kam für beide viel zu früh, und Vicky angelte noch halb verschlafen nach dem Telefonhörer.

Auch die heiße Dusche konnte beide nicht wirklich wecken, zu spät war es gestern Abend geworden oder war es nicht doch sehr früh am morgen gewesen. Noch halb verschlafen trafen sie im Restaurant auf Karin und ihren Ehemann. Die beiden sahen auch nicht gerade ausgeschlafen aus. Man war nicht sehr gesprächig am frühen Morgen. Und Franziska bemerkte erst an der Rezeption, dass sie den Fotoapparat in der Kabine vergessen hatte.

Vicky musste sich ziemlich beeilen, konnte aber natürlich den Fotoapparat auch nicht gleich finden, denn der Bus wartete schon an der Anlegestelle in Edfu .

Es war erst halb acht aber es war schon richtig heiß draußen und Franziska war froh, dass sie doch zwei kleine Flaschen Wasser in ihre Umhängetasche gestopft hatte.

Die Fahrt zum Tempel dauerte nicht lange und beim

Anblick des noch fast leeren Parkplatzes waren alle Mitreisenden erleichtert.

Der kleine Fußweg zum Tempel führte an einer Reihe von kleinen Souvenirläden vorbei. Franziska und Vicky platzten fast vor Neugierde blieben aber eisern in ihrem Entschluss erst nach der Besichtigung des Tempels einen Blick in den einen oder anderen Laden zu werfen.
Hierbei fiel Vicky auf, dass der vermeintlich „Bekannte" ihrer Mutter ganz am Ende der Touristengruppe lief und eine überdimensional große Reisetasche mit sich schleppte.
Dein „Bekannter" ist ja ein Super-Fotograf, schau mal wie groß seine Fototasche ist. Der schleppt bei der Hitze aber gut und gerne 10 kg Technik durch die Gegend.

Franziska drehte sich leicht um, und bemerkte wie Wolfgang an seiner schwarzen Reisetasche einiges zu tragen hatte.
So ein besessener Hobby-Fotograf ist bestimmt glücklich dabei wenn er nach dem Urlaub mit seinen Ergebnissen im Freundeskreis Beachtung findet.
Aber Wolfgang hatte bei ihrer ersten Begegnung nicht den Eindruck gemacht, als wäre er diese Art von Tourist der in der Hitze noch verschiedene Objektive auf seine Kamera schrauben möchte.
Sollte er doch, sie wollten auf keinen Fall den Anschluss an die Gruppe verlieren, denn der Reiseleiter hatte schon im Bus einige sehr interessante Erklärungen zum Tempel gehabt und sie wollten diese Führung auf jeden Fall komplett

genießen.

Schon der große Pylon war beeindruckend und Franziska musste Vicky unbedingt davor fotografieren, die richtigen Aufnahmen des Tempels machte sie lieber nicht selbst, denn ihre fotografischen Künste waren nicht die besten.

Der Edfu-Tempel ist einer der besterhaltenen Tempel in Oberägypten. „ Die Götterwohnung des Horusfalken" wie er auch genannt wird war bis zu seiner Freilegung im Jahre 1860 zum Teil unter Sand und leider auch Schutt verborgen. So konnte er jedoch die Jahrhunderte in einem guten Erhaltungszustand überdauern.
Der Tempel war dem Gott Horus, den man immer in Gestalt eines Falken sieht, geweiht. Aber auch andere Gottheiten, wie die Gattin des Horus: Hathor (in Dendera nördlich von Luxor befindet sich der Hathor-Tempel) und deren gemeinsamem Sohn: Harsom – kann man noch heute dort in Schriften und Zeichnungen erkennen.

Durch ein großes Tor, gelangt man in den großen mit Säulenreihen umgebenen Hof. Es stehen dort nie zwei gleiche Säulen nebeneinander, sie unterscheiden sich in den unterschiedlichsten Kapitellen. Der darauf folgende Säulensaal liegt im halbdunkel und wird nur durch kleinere Lichteinfälle von der beschädigten Decke erhellt. Von diesem Säulensaal aus führen verschiedene Eingänge in kleinere Magazine und einem Laboratorium, an dessen Wänden man noch immer Rezepte für heilige Öle und Salben erkennen kann. Vorausgesetzt man kann Hieroglyphen lesen.

Einige Räume dieses Tempels liegen völlig im Dunkeln, andere sind durch eingebaute Licht-Öffnungen in der Decke fast sonnendurchflutet. Der Boden steigt im weiteren Verlauf des Tempels langsam an und man gelangt durch immer niedriger werdende Räume und enger gebaute Türöffnungen in das Allerheiligste. Hier befand sich früher der Schrein mit einem Kultbild des Gottes. Davor waren die heiligen Barken des Horus und der Hathor aufgebaut. Heute kann man dort den Nachbau einer Götterbarke besichtigen.

Noch heute kann man sehr gut erhaltene Reliefs an der westlichen Wand des Tempels finden, die den Kampf des Guten über das Böse – also den Kampf gegen Seth, dem Mörder des Osiris – den Vater des Horus – darstellen.

Vicky und Franziska waren begeistert und beim Verlassen des Tempels trafen sie auf Karin und ihren Ehemann, die auch noch völlig gefangen vom eben gesehenen waren.

In der Nähe des Ausgangs war ein kleines Cafe und Karin holte für alle vier eine große Portion Eis. Sie kauften noch einige Postkarten. Leider hatten die Verkäufer dort keine Briefmarken und Franziska nahm sich vor bei den Souvenirgeschäften neben dem Parkplatz nach Briefmarken zu fragen.

Die Händler warteten schon auf die Touristengruppe und boten den langsam Entgegenkommenden kleine Statuen, bunte Schals und Papyri an. Als Vicky den ersten kleinen Laden betrat um nach Briefmarken zu fragen, erkannte Franziska „ Wolfgang" der saß gemütlich an einem kleinen Tisch ungefähr drei kleine Geschäfte weiter, und unterhielt sich in holprigem Arabisch- (diese Form des Arabischen beherrschte Franziska ebenso perfekt) mit einigen Händlern.

Das ganze wirkte doch schon ein wenig seltsam.

Sag mal, Vicky, hast du diesen Hobbyfotografen eigentlich im Tempel gesehen? Ich kann mir nicht denken, dass man ihn mit dieser Riesentasche reingelassen hätte?

Auch Vicky konnte sich nicht erinnern, ihn im Tempel oder in der ganzen Tempelanlage gesehen zu haben.

Ich muss später mal unauffällig Karin danach fragen.

Vicky hatte Erfolg und kam mit einigen Briefmarken und einem weißen Schal aus dem Laden heraus. Der Schal war nicht ganz so preiswert gewesen wie sie später beide erzählten. Aber wer gibt denn auch schon gerne zu, dass er nicht handeln konnte.

Egal, was er jetzt gekostet hat, in Frankfurt wäre er teurer gewesen. Also können wir auch mit dem gezahlten Preis ein wenig variieren, tröstete Franziska ihre Tochter.

Der Rückweg zum Schiff verging recht schnell und die großen Steinstufen zur Anlegestelle hinunter waren nicht so leicht in Sandalen zu überwinden.

Zum ersten Mal fiel ihnen hier eine wirklich alte Dame auf, die auf einen Stock und eine unsympathisch wirkende Begleiterin gestützt die Stufen zum Schiff hinunter ging.
Am gestrigen Abend war sie ihnen in dem allgemeinen Trubel und dem Halbdunkel in der Bar gar nicht aufgefallen.
Aber Karin wusste doch schon einiges über diese alte Dame zu berichten:
Auch sie hatte die Reise gewonnen, und als Begleiterin eine Nachbarin (diese unsympathische große Hamburgerin) mitgenommen. Die Flugkosten hatte die Seniorin übernommen und hoffte ein wenig Hilfe hierfür zu erhalten.

Im Speisesaal begegneten sie der alten Dame wieder. Sie stand mit ihrem gekrümmten Rücken, in der einen Hand den Stock und in der anderen zittrigen Hand den Teller balancierend am Buffet in der Wartereihe. Die Begleiterin saß schon kauend am Tisch und kümmerte sich keineswegs um die alte Dame. Vicky, die in der Schlange hinter ihrer Mutter und Karin stand, drückte Franziska kurz entschlossen ihren Teller in die Linke und half der Seniorin am Buffet und zurück an ihren Platz.

Zurück am eigenen Tisch standen ihr die Tränen in den Augen:
Habt Ihr diese Hexe gesehen?, lässt diese alte Frau alleine in dem Gewusel hier stehen und ist schon beim Dessert.
Sie konnte sich kaum beruhigen.

Aber als der Star des Tisches „ die bayerische Anne „ Platz nahm, war sogar die alte Dame vergessen.

Wart Ihr nicht auch entsetzt über diese aufdringlichen Händler?

Na ja, Ihr seid ja nicht blond wie ich – o vielleicht du noch ein wenig Vicky – aber diese Männer waren ja gar nicht zu bremsen.

Sogar im Tempel hat mir doch einer dieser Tempelaufseher in einer stillen Ecke in den Po gekniffen.

Ihr Begleiter – Vincenzo – blickte kurz auf und kaute dann seelenruhig weiter. Er hatte diesen Ausflug nicht mitgemacht, sondern war stattdessen alleine in Edfu ein wenig spazieren gegangen.

Na eifersüchtig wirkte der nicht gerade, murmelte Franziska leise vor sich hin. Karin verschluckte sich vor Lachen und auch Vicky und Bernd konnten sich kaum beruhigen.

Sie waren alle schon beim Dessert als Ihnen auffiel,dass das russische Paar an die nächste Tischreihe gewechselt hatte.

Ein Blick auf deren neuen Platz genügte, um zu wissen warum:

Beide hatten mehrere Teller von den verschiedenen Hauptspeisen und jeweils drei kleine Teller aufgefüllt mit den verschiedensten Desserts vor sich stehen. Dort war einfach mehr Platz! denn es saßen außer den beiden nur noch ein älteres Ehepaar dort.

Wo essen die das den alles hin? wunderte sich Karin die noch aus alten DDR-Schultagen ganz gut russisch verstand und nur leicht erstaunt das Tischgespräch der beiden verfolgte.

Die meckern über alles und sind nur zum Essen hier.
Ausflüge wollen die keine mitmachen. Und beide
fragen sich schon, was es wohl zur Teatime an
Kuchen geben mag.
Karin schüttelte den Kopf.
Eine interessante Mischung von Menschen ist hier an
Bord.

Nach dem Essen, eilten Mutter und Tochter in ihre
Kabine um sich umzuziehen, die Sonnenbrillen und
Lesestoff zu holen und sich dann einen angenehmen
Platz auf dem Sonnendeck zu sichern.
Aber auf diese Idee waren die anderen Passagiere
auch gekommen. Es war kein schattiges Plätzchen
mehr zu finden, aber in der Nähe der Bar fanden sie
noch drei Liegen, wovon sie eine für Karins Mann
reservierten. Karin selbst wollte lesen und hatte noch
einen Platz unter dem Sonnendach entdeckt.

N ach wenigen Minuten war Franziska eingeschlafen,
bis Vicky sie etwas unsanft wach rüttelte: *Dein*
Handy klingelt die ganze Zeit hörst Du das nicht?

Ein leicht verschlafenes, verwundertes: *Hallo*
flüsterte sie ins Telefon.
Massa al hair ya Franziska, das war Omar. Mit
einem Schlag war sie hellwach.
Massa al noor ya Omar, antwortete sie überrascht.
Wie schön, dass du anrufst, wie geht es dir??

Oh, danke, sicherlich nicht so gut wie Dir, wie gefällt es Euch denn auf dem Schiff? Habt Ihr schon einen Ausflug gemacht, wart Ihr im Tal der Könige?

Das Schiff ist schon älter aber sehr gemütlich, wir haben eine nette Kabine und ich liege zurzeit auf dem Sonnendeck und es ist noch ganz, ganz warm. Wir haben mit den Ausflügen in Edfu angefangen und Luxor kommt auf dem Rückweg dran.
Für Vicky haben wir das ganze Ausflugspaket inclusive Abu Simbel gebucht. Und wir sind schon gespannt, ob unsere Fotos auch was werden. Vicky hat schon einigen jungen Männern den Kopf verdreht und dadurch haben wir einen Superservice an Bord.
Aber sag, wie geht es Dir? Hast Du viel Arbeit oder kannst Du Dich auf Deinen Urlaub schon so langsam vorbereiten?

Ja, hier ist viel zu tun, und ich habe ein wenig Ärger im Büro.
Mein Kollege – Du kannst Dich doch noch erinnern- Wolfgang- könnte etwas zur Klärung beitragen, aber jetzt muss er natürlich in Urlaub sein.
Angeln in Norwegen. Ich glaube der hat etwas weniger Sonnenschein als Ihr beiden. Aber das wäre auch nicht mein Geschmack, den ganzen Tag im kalten Wasser stehen und die Angel auswerfen.
Ich muss jetzt leider Schluss machen, aber ich melde mich übermorgen Abend wieder. Ich wünsche Euch viel Spaß und nette Ausflüge. Und wenn ich Glück habe treffe ich Vicky in Frankfurt am Flughafen, wenn sie ankommt und ich mit der gleichen Maschine wieder zurückfliege.

Strahlend packte Franziska das Handy wieder in ihre Tasche und berichtete Vicky von dem kurzen Gespräch. Nur den Teil mit **Wolfgang** behielt sie zunächst für sich.

Was sollte das, warum konnte der denn nicht zugeben, dass er seinen Urlaub auch mal in heißeren Klimazonen verbringen wollte?
Sie wollte ihn in den nächsten Tagen aus der Ferne beobachten, aber dabei möglichst nicht auffallen.
Vielleicht sollte sie vorsorglich überall ihre Sonnenbrille mitnehmen, beschloss sie insgeheim.
Wahrscheinlich habe ich zuviel „TOD AUF DEM NIL" gesehen, ich fühle mich schon wie ein halber HERCULE POIROT.

Pünktlich um 16.oo Uhr begann die Teatime an Bord.
Die Passagiere stürmten das Kuchenbüffet und balancierten in den Händen die Kuchenteller und die Tassen mit Kaffee oder Tee zu ihren Plätzen.
Franziska ließ sich von Karin nur einen Kaffee mitbringen, sie hatte viel zu viele von den Chips genascht, die Vicky an der Anlegestelle an einem kleinen Verkaufsstand zusammen mit Kaugummi (mit Zimtgeschmack) und anderen kalorienreichen Knabbereien gekauft hatte.
Diese Chips waren aber auch verflixt gut: sie schmeckten ein wenig salzig und zugleich auch ein wenig nach Essig.
Und vor allen Dingen bekam man einen Riesendurst!

An einem entfernt stehenden Tisch saß die alte Dame ein wenig nach vorn gebeugt und schrieb unermüdlich Postkarten an ihre Lieben zu Hause. Sie hatte Karin am Nachmittag erzählt, dass es ein Lebenstraum von ihr war, einmal nach Ägypten zu reisen.
Und jetzt war sie hier und konnte sich nur noch schwerfällig bewegen. Trotzdem genoss sie die langsame Fahrt auf dem Nil und die unvergleichlich schöne Landschaft zu beiden Seiten.

Die Stimmung auf dem Sonnendeck war angenehm, denn alle waren leicht ermüdet von dem Ausflug am Vormittag. Und man hörte von den verschiedenen Sitzgruppen meist nur leises Gemurmel.
Bis Anne kam. Sie hatte ihren Auftritt bestimmt sorgfältig geplant, aber leider war ihr Vincenzo nicht zu sehen.
Mit einem Wortschwall kam sie auf Karin, Vicky und Franziska zu.

Hallo wie geht es Euch denn? – ich habe mir gerade eine Massage in meiner Kabine geben lassen. Ihr habt doch sicherlich den kleinen Massageboy gesehen?
Das war so günstig nur 10,- € und der hat sich solche Mühe gegeben, der wollte überhaupt nicht aufhören!!

Karin verdrehte die Augen und Vicky konnte sich das Lachen kaum verkneifen, nur Franziska konnte mit halbwegs ernst klingender Stimme fragen: *Was hat er denn alles massiert?*
Darf er das denn – alleine mit einer Frau in ihrer

Kabine?

Anne war noch immer ganz verzückt: *Er hat mir ganz wundervoll den Rücken massiert – aber wenn Du möchtest massiert er auch die Beine.*

Vicky stellte sich den Jungen vor – kaum 18 oder 19Jahre alt, ging er am Nachmittag sehr schüchtern über das Sonnendeck mit einem selbstgeschriebenen Werbeschild für seine Massagen in den Händen.
Er war sicherlich nicht sehr begeistert alleine mit einer für ihn „älteren Dame „in deren Kabine massierend die Zeit zu verbringen. Bestimmt würde er lieber in einem großen Hotel arbeiten, mit einem richtigen Massagetisch mit gebuchten Kunden, und nicht mit einem Schild in den Händen auf Kundenfang zu gehen.

Vincenzo hat mir diese Massage spendiert, plapperte Anne unverzagt weiter.

Karin murmelte leise vor sich hin:*Vielleicht wollte er sich nur davor drücken sie selbst zu massieren, und war lieber großzügig.*

Nachdem diese wunderbare Neuigkeit keinen weiter interessierte, eilte Anne nach unten in die Lobby um den Reiseleiter – Ashraf – zu treffen. Wahrscheinlich hatte er die tolle Neuigkeit der Massage oder die kessen Handgriffe der Tempelaufseher noch nicht in allen Einzelheiten erfahren.

Das Schiff glitt langsam über den Nil und eine leichte

Müdigkeit breitete sich unter den Passagieren auf dem Sonnendeck aus.

Franziska wollte sich gerade an der Bar eine Flasche Mirinda besorgen, als ihr die kleine ältere Französin auffiel, die am Vormittag noch sehr vital in der Tempelanlage ihre Fotos geschossen hatte. Jetzt lag sie auf einer Sonnenliege in der Nähe der Bar und hatte beide Arme eingegipst.

Mit ihren wenigen französischen Schulkenntnissen fragte sie, was denn passiert sei.

So weit sie die Antwort verstehen oder besser erahnen konnte, war die ältere Frau beim Aussteigen aus dem Bus, welcher die Gäste zurück an Bord brachte, gestolpert und hatte sich gleich beide Unterarme gebrochen.

Der Schiffsarzt hatte sie ins Krankenhaus begleitet und eine jüngere Französin aus der gleichen Reisegruppe hatte sich bereit erklärt, für den Rest der Reise die Betreuung und Pflege zu übernehmen.

Tapfer lächelnd erklärte sie halb englisch halb französisch: sie werde die Reise bestimmt besser durchstehen als den Rückflug.

Mit dieser Neuigkeit hatten die drei genügend Gesprächsstoff bis zum Abendessen.

Franziska schaute sich zwischendurch immer mal wieder neugierig nach „ Wolfgang „ um, aber der blieb unsichtbar und verbrachte seine Zeit bestimmt in seiner Kabine.

Langsam wurde der Fahrtwind etwas frischer und Vicky hüllte sich in eine Jacke und auch Karin und

Franziska beschlossen sich eine leichte Jacke oder ein T-Shirt mit langem Arm anzuziehen.

Die Sonne ging rasch unter und es war innerhalb von wenigen Minuten ganz dunkel, so dass sich das Sonnendeck schnell leerte.
In der Kabine überlegten Mutter und Tochter, was sie den zum Abendessen anziehen sollten. Vicky hatte genügend zur Auswahl mitgenommen. Und nach einigen Beratungen und einer kleinen Modenschau hatte sie das passende Outfit gefunden.
Franziska hatte schon ein wenig Farbe bekommen, und war nach einem Tag in der Sonne wunderschön rot wie eine reife Tomate.
Da half auch kein raffiniertes Make up, sie sah aus, wie der typische europäische Tourist, der elf Monate des Jahres die Sonne nur aus dem Bürofenster bewunderte.
Vicky hatte einen angenehmeren leichten Braunton erhalten und war ganz stolz.
Es war nur ein kleiner Trost, dass die Hälfte der Passagiere auch mehr gerötet, denn gebräunt war.

Als Franziska und die anderen an ihrem Tisch schon bei der Nachspeise waren, betrat „ Wolfgang" das Restaurant. Zielsicher steuerte er auf seinen Platz zu und der Kellner begrüßte ihn in gebrochenem Deutsch mit der Frage, ob er wie immer die Suppe auslassen wolle.
Sogar Karin und ihrem Mann fiel auf, dass er sich so sicher auf dem Schiff bewegte, dass man den Eindruck hatte, er kenne sich hier gut aus, und auch das Personal sei ihm gut bekannt. Wie auch er beim

Personal schon gut bekannt war.

Den Abend ließ man ruhig in der Bar ausklingen, allerdings entschieden sich Franziska und Vicky dieses Mal für eine Cola, da die wunderschön bunten Cocktails schauderhaft schmeckten.
Die alkoholischen Cocktails schmeckten schlecht, da der Barkeeper als Moslem keinen Alkohol trank und nach Gefühl mixte. Und die antialkoholischen Cocktails schmeckten einfach ohne Grund schrecklich. Trotzdem hörte man an ihrem Tisch dank der Paare aus Eisenach und den „ Bayern" immer wieder lautes Lachen. Die beiden Reiseleiter – für die deutsche und französische Gruppe – versuchten mit einigen merkwürdigen Spielchen eine Art Partystimmung zu erzeugen. Man wickelte z.B.einen ausgewählten Passagier von oben bis unten mit Küchenrolle wie eine Mumie ein. Der schnellste „Wickler " bekam dann einen dieser sagenhaften Cocktails. Aber auch der Verlierer bekam als Strafe einen solchen.
Der junge DJ bespielte die Gäste mit den angesagtesten Bierzelt-Hits und die Stimmung in der Bar stieg auf der deutschen Gästeseite ins unermessliche. Die Franzosen waren schon kurz vor dem Rückzug in die Kabinen – als endlich wieder normale Musik erschallte.
Am späteren Abend legte er endlich auch mal Musik für junge Leute auf – und präsentierte internationale wie auch arabische Sommerhits.
Und dann kam der Moment an dem sich Vicky in ein Lied verliebte.
Keiner kannte logischerweise den Titel aber es kam

sehr oft das Wort „ Habibi" gleichbedeutend mit „Mein Schatz „ darin vor.
Noch in der Kabine schwärmte und summte Vicky das Lied vor sich hin.
Gleich am nächsten Tag wollte sie den DJ nach dem Titel fragen um sich die CD noch vor dem Rückflug in Luxor zu kaufen.

Der nächste Morgen begann wieder sehr früh, da heute der Kom - Ombo Tempel auf dem vormittäglichen Programm stand.
Auch Karin und ihr Ehemann sowie Anne waren wieder mit von der Partie – allerdings wie schon am Vortag ohne Vincenzo.

Vincenzo möchte lieber die landwirtschaftliche Seite hier besuchen, bemerkte Anne auf Nachfrage kleinlaut.

Was Anne nicht wusste, war, dass gerade hier in Kom - Ombo viele nubische Bauern angesiedelt worden waren um dem Nasser-Staudamm Platz zu machen.
Vincenzo, der eigentlich das ganze Jahr über in Süditalien lebte und nur einmal im Jahr seine Anne in München besuchte, war ein ausgesprochen sympathischer, stiller Mann, der sich sehr für das Land hier und die Menschen interessierte. Abseits der Touristenpfade fühlte er sich am wohlsten.
In Kom - Ombo hatte er sich ein Fahrrad gemietet und war mit einer großen Flasche Wasser in einer Umhängetasche den ganzen Tag unterwegs. Er interessierte sich für die verschiedensten

Pflanzenarten und war auch am landwirtschaftlichen Anbau von Zuckerrohr, (Kom - Ombo ist heute ein Zentrum des Zuckerhandels) und dem ortsüblichen Karkade interessiert.

Die Reisegruppe wurde wieder wie schon am Vortag mit zwei kleinen Reisebussen abgeholt und eine kleine Rundfahrt durch Kom-Ombo und Umgebung unternommen. Der Tempel selbst liegt in unmittelbarer Nähe des Nils und ist von den Schiffen aus sehr gut zu Fuß erreichbar.

Franziska versuchte unauffällig Ausschau zu halten nach „ Wolfgang", aber leider kam er wieder als einer der letzten vom Schiff und bestieg den zweiten Reisebus und natürlich hatte er wieder diese riesengroße Reisetasche dabei.

Der Tempel selbst liegt auf einem kleinen Hügel, daher auch der Name (Kom – bedeutet kleiner Berg).Der Kom-Ombo Tempel ist ein Doppeltempel dem Krokodilgott Sobek und dem Falkengott Haroeris (andere Erscheinungsweise für den Gott Horus) geweiht. Die vielen gut erhaltenen Reliefs sind noch heute zu erkennen.
Auch finden sich in der Nähe des Tempels immer wieder Besitzer von einheimischen Schlangen ein um mit den Vorführungen etwas Geld dazu zu verdienen.
Franziska machte um diese Schlangenbesitzer einen weiten Bogen. Karin, ihr Mann und auch Vicky standen fasziniert vor den Giftschlangen und konnten ihrer Bewunderung kaum Ausdruck verleihen.
An einer entlegenen Ecke der Tempelmauer saß ein

kleiner Junge und spielte mit einigen Skorpionen, die er mit Hilfe eines kleinen Stöckchens aus einem alten Schuhkarton herausholte.

Aus Franziska sprach sogleich die Mutter und Großmutter als sie den Jungen fragte, ob dies nicht schrecklich gefährlich sei.

10,- € ein Stück - brachte der vielleicht Achtjährige in perfekt auswendig gelerntem Englisch, Deutsch, Französisch und Italienisch heraus.

Franziska war geschockt, ein so kleiner Junge spielte mit giftigen Skorpionen. Oder gab es eventuell auch Skorpione die gar nicht giftig waren?
Sie hatte keine Ahnung, zog es aber vor, schnellstmöglich wieder Anschluss an ihre Gruppe zu finden.

Vicky hatte in der Zwischenzeit schrecklich schöne Fotos von den Schlangen aufgenommen und zeigte sie stolz ihrer Mutter und allen die sie sehen wollten.

Über all diesen tierischen Erlebnissen hatte Franziska völlig vergessen nach ihrem „ Wolfgang „ zu schauen, als sie ihn in der Nähe des Busses in ein Gespräch vertieft mit einem Ägypter entdeckte. Langsam ging sie von der Fahrerseite auf den Bus zu und lehnte sich an um einen großen Schluck aus ihrer inzwischen warm gewordenen Wasserflasche zu nehmen.
Rein zufällig konnte sie einige Worte von der Unterhaltung verstehen:

*Woher kann denn dieser Kerl nur so gut arabisch??
Ich bemühe mich und pauke und der plappert drauf
los – wie gemein.....*

*.... Wann kannst Du liefern – ich bin in drei Tagen in
Luxor, und dann fliege ich am Freitagnachmittag
wieder zurück nach Frankfurt. Bis dahin musst Du
die Statuen aber wirklich dabei haben ... ich mache
mir nicht die Arbeit und unternehme eine
Nilkreuzfahrt mit lauter alten Leuten, Du bist
einfach nicht zuverlässig.*
*Ich zahle Dir keinen € wenn nicht alle vereinbarten
Stücke dabei sind.....*

*Wo kann ich Dich denn erreichen in Luxor?? Na gut
dann melde Dich bei mir..*

*Ich werde am Donnerstag früh das Schiff verlassen
und werde mir ein Zimmer für eine Nacht im Emilio-
Hotel nehmen.*
*Du erreichst mich dort unter dem Namen Omar
Khaled ..*

Franziska glaubte im ersten Moment nicht richtig
gehört zu haben: Omar Khaled

Was sollte das denn??
Wieso gab der sich als OMAR aus. Der beschäftigt
sich doch hier mit sehr merkwürdigen Dingen. Und
in dieser Reisetasche waren bestimmt nicht nur
Fotoausrüstungen drin.
Ob der hier einen Auftrag dienstlicher Art ausführte?

Jetzt wollte sie doch mit Omar darüber sprechen. Sie nahm sich vor, ihn sofort vom Schiff aus anzurufen.

Langsam kamen die anderen Ausflügler wieder zu den Bussen zurück und auch Franziska suchte nach ihrer Tochter und den anderen.

Noch völlig in ihre Gedanken vertieft, konnte sie kaum den Gesprächen folgen.

Nach wenigen Minuten Fahrt kamen sie wieder an der Schiffsanlegestelle an und eilten in ihre Kabinen um sich zum Mittagessen umzuziehen.

Kurz vor dem Restaurant, ging Franziska unter dem Vorwand ihr Asthmaspray vergessen zu haben noch einmal in die Kabine zurück.

Es war jetzt ungefähr 12.oo Uhr in Deutschland, na hoffentlich erreichte sie Omar jetzt schon.

Nach mehrmaligem Läuten nahm Omar das Gespräch an:

Hallo Franziska, wie geht es Dir, ist bei Euch alles in Ordnung?

Du rufst zu einer ungewöhnlichen Zeit an.

Hallo Omar, ja es geht uns gut aber ich muss Dir dringend etwas erzählen – bist Du derzeit im Büro oder besser gefragt: kannst Du einige Minuten ungestört reden?

Ja, sicher ich bin grade auf dem Weg in unsere Kantine und wollte mir einen Salat holen.

Stell Dir vor, ich bin sicher, dass Dein Kollege

„Wolfgang" hier an Bord ist. Ich war mir am Anfang nicht sicher, aber er ist es bestimmt. Der rennt hier bei allen Ausflügen mit einer Riesenreisetasche durch die Hitze und alle denken, dass muss ein fanatischer Fotograf sein. Ich hatte gleich den Eindruck, dass er sich hier überall verdammt gut auskennt, und heute habe ich ihn gehört wie er mit einem Ägypter in der Nähe unseres Reisebusses beim Kom-Ombo Tempel ein relativ gutes flüssiges arabisch sprach.

Und zur Krönung hat er sich mit ihm verabredet nächsten Freitag in Luxor im Emilio-Hotel- dort würde er unter dem Namen: und jetzt halte Dich fest: OMAR KHALED ein Zimmer buchen. Hier sollte der Ägypter ihm dann die vereinbarten Stücke übergeben – sonst würde er ihm keinen € auch für bereits gelieferte Sachen geben ...

Bist Du noch da ???

Ja, ich höre dich noch, aber ich bin ehrlich gesagt etwas ratlos.
Was soll das?

Hat er vielleicht einen Auftrag von Eurer Dienststelle?

Niemals, wir sind doch keine Geheimdienstmitarbeiter oder Fachleute für Antiquitäten.
Und ich denke um solche handelt es sich doch sicherlich...
Hat er Dich auch erkannt??? Wenn nein, versuche Dich ein wenig aus seinem Blickfeld zu halten, wenn

dies möglich ist.

Lass mich ein wenig darüber nachdenken – ich würde Dich gerne heute Abend zurückrufen. Könntest Du mir nur einen Gefallen tun, kannst Du oder besser Vicky versuchen unauffällig ein Foto von ihm an Bord zu machen oder ein Foto an Land aber an einer Stelle an der man genau erkennen kann , wo er sich aufhält. Also vielleicht in Assuan an einem bekannten Platz oder im Tal der Könige, oder vorher in Abu Simbel falls er die Ausflüge mitmacht ?

Natürlich ich versuche mein Bestes. Und zu Deiner Beruhigung ich versuche so oft wie möglich mit Sonnenbrille herumzulaufen.
Vicky meint zwar ich würde wie Puck die Stubenfliege aussehen, aber das ist mir egal – Hauptsache groß.
Gut Omar, ich muss jetzt auch ins Restaurant, damit nicht auffällt, wenn ich solange weg bin – ich habe Vicky von meiner neuesten Beobachtung noch nichts erzählt.
Ich warte auf Deinen Anruf heute Abend.

Schnell eilte sie zu ihrem Platz im Restaurant und freute sich, dass Vicky ihr schon ein Getränk und einen kleinen Salat besorgt hatte.
Man plauderte beim Essen und die übliche Tischrunde verabredete sich zum gegenseitigen Bilder anschauen auf dem Sonnendeck.
Die Eisenacher hatten schon einen kleinen Tisch freigehalten und auch Kaffee besorgt als Franziska

mit der Digitalkamera bewaffnet auf dem Sonnendeck nach ihnen Ausschau hielt. Vicky hatte eine freie Liege in der Nähe des Pools gefunden und hatte es sich mit einem Buch bequem gemacht, kam aber nicht zum Lesen, weil einer der jungen Kellner ihr eine Cola brachte und eine frisch gepflückte Blume von den Büschen an der Anlegestelle überreichte.

Die gemeinsame Kabine sah schon wie ein kleiner Blumenladen aus. Der Kellner des Restaurants, die Kellner des Sonnendecks,
der Junge Mann, der alle Ausflüge mit der Filmkamera begleitete und am Ende der Woche die frisch gebrannten DVD's
der Reise verkaufte, sogar der jüngere Kapitän – sie alle hatten schon einzelne Blüten oder kleine an Land gepflückte Sträußchen Vicky geschenkt.

Bei einer Tasse Kaffee wurden die frisch aufgenommenen Aufnahmen verglichen und vereinbart, dass die besten Abzüge – oder nannte man das bei einer Digitalkamera anders – getauscht werden sollten.

Das Schiff lag heute an dritter Stelle und mit einigen Manövern der anderen Schiffe konnte die Flash II wieder die Fahrt aufnehmen.

Das nächste Ziel sollte Assuan sein.

Franziska kam ins Schwärmen – Assuan ist die landschaftlich schönste gelegene Stadt in Ägypten.

Es ist eine kleine ruhige Stadt, die leider einen im Laufe der Jahre sich sehr veränderte Basarstraße hat.

Früher , so erklärte sie Karin und Bernd, *war der Basar in Luxor sehr überlaufen und sehr touristisch geprägt – mittlerweile ist der früher ruhige Gewürzbasar in Assuan auch zu einer Touristenrennstrecke geworden.*

Dabei kann man auch heute noch in den kleinen Geschäften, Gewürze, Karkade und Silberschmuck aber auch Tücher und Stoffe sehr günstig kaufen. Man muss nur in die kleineren Läden gehen.

Assuan besteht aus der normalen Stadt am Ostufer und der Wüste mit hohen Bergen am Westufer. Dort liegt auch das Grabmal des letzten Aga Khans, und seine Villa.

Im Nil sind viele kleine Inseln, darunter die Kitchener Insel, benannt nach dem engl. Lord Kitchener, der hier viele exotische Pflanzen herbringen ließ und die Insel Elephantine.

Das berühmte Hotel Old Cataract – in dem Agatha Christie Teile ihres Buches Tod auf dem Nil verfasste.

Ich bin sicher, es wird Euch gefallen.

In diesem Moment kam Vicky vorbei und holte sich lachend die Kamera: *dort drüben am Ufer stehen so kleine Jungs- vielleicht zehn oder elf Jahre alt und winken mir andauernd zu- von denen möchte ich ein Bild machen.*

Pünktlich zu Tea-Time erschien auch Anne wieder an Deck, sie hatte ein wenig geschlafen und sich vom morgendlichen Ausflug ausgeruht. Aber als dann die Motoren wieder auf Volldampf liefen, als das Schiff losfuhr wurde es ihr doch ein wenig zu laut in ihrer ungünstig gelegenen Kabine.

Sie setzte sich einfach zu der kleinen Gruppe dazu, und der Einwurf, dass Vincenzo am Heck des Schiffes saß und in einem Buch las interessierte sie wenig.

Auch Anne war der Typ mit der großen Reisetasche aufgefallen, Bernd meinte: *der hat bestimmt ein paar Flaschen Bier und seine Fotoausrüstung in der Tasche.*

Karin vermutete: dass er vielleicht ganz viele Zigaretten an Land kaufen würde, da die Tabakpreise ja bei uns ins unermässliche stiegen.

Nur Franziska wollte sich nach dem Vormittag und dem Gespräch mit Omar nicht an Vermutungen beteiligen.

Für diesen Abend war eine Galabiya-Party auf dem Schiff geplant und alle überlegten was sie denn anziehen sollten. Der kleine Souvenirladen neben der Bar bot verschiedenste Kleidung für Damen wie auch für die Herren an.

Franziska trug ein beigefarbenes Kleid mit dazugehörigem Mantel aus einem ganz leichten Stoff mit schlichter goldfarbener Stickerei am V-förmigen Ausschnitt und darunter eine schmal geschnittene dunkelbraune Hose, diese Kombination hatte sie schon vor einigen Monaten in einem kleinen marokkanischen Geschäft in der Nähe ihres Büros erstanden.

Vicky ließ sich nur zögernd überreden eine weinrote

Galabiya mit goldfarbenem Aufdruck zu kaufen. Karin trug eine dunkelblaue Galabiya und ihr Mann hatte sich für eine schwarze entschieden.

Nur Anne erschien in einem superkurzen schwarzen Minirock und einem enganliegenden, knappen Oberteil was ihr einen entsetzten Blick von Vincenzo einbrachte, der schon ein wenig früher die Bar betreten hatte.

Pünktlich gegen 21:00 Uhr betrat eine nubische Band die Bar gefolgt von einer großen, stolzen Nubierin, die mit sparsamen Bewegungen die Folkloretänze zeigte.

Danach kam ein junger Tänzer, der mehrere bunte Röcke über seiner normalen Tracht trug und sich in immer schneller werdenden Umdrehungen wie die religiösen Derwische tanzte.

Alle Blicke waren fasziniert auf den jungen Tänzer gerichtet und
an jedem Tisch wurde hektisch nach den Fotoapparaten gegriffen.

Die ganze Vorstellung dauerte so ca. 2 Stunden und danach kam der übliche Discomusik-Teil. Vicky hatte schon am Nachmittag auf Deck immer wieder versucht ihr „ Habibi-Lied " zu erkennen, aber jedes Mal wenn es lief, war kein Kellner in der Nähe den sie hätte nach dem Titel fragen können.

Aber an diesem Abend wartete sie vergebens auf ihr Lied.

Nachdem sich die Bar langsam leerte, nahm sie schließlich ihren ganzen Mut zusammen und fragte den DJ ob er nicht den Titel dieses „ Habibi " Liedes kannte.

Er spielte mit einer Engelsgeduld etliche Lieder an, die alle in ihrem Text „ Habibi „ hatten. Alle Kellner die an diesem Abend Dienst hatten, gaben noch ihre Tipps dazu ab, und nach einer geschlagenen Stunde war der Song endlich gefunden.
Der DJ bot an, ihr den Song am nächsten Tag in Assuan von einem Freund auf ihren MP3-Player zu überspielen, weil weder Vicky noch er an Bord das dazu erforderliche Kabel hatten.

Strahlend holte sie aus der Kabine ihren MP3-Player und beschloss ihm am nächsten Tag eine riesengroße Süßigkeiten-Tüte in der Stadt zu besorgen.

Als sie dann glücklich mit Franziska und den anderen noch ein wenig an Deck ging um den Sternenhimmel zu bewundern, hörte sie dreimal nacheinander leise aus dem Lautsprecher ihr „ Habibi-Lied “.

Der nächste Morgen war noch um einiges wärmer geworden, sie wollten den Vormittag alleine in Assuan verbringen und am Nachmittag zusammen mit der Gruppe zum unvollendeten Obelisken fahren und anschließend eine Fellukkah-Tour unternehmen.
Schon im Restaurant zum Frühstück wurde Vicky von allen Kellnern mit *Hallo Habibi* begrüßt. Zunächst war ihr dies ein wenig unangenehm, aber nach und nach konnte sie wie die anderen Tischnachbarn auch lachen. Als dann auch noch ihr Lied erklang – war sie doch ein wenig verlegen und jeder im Restaurant schaute neugierig zu ihr hinüber.

Sie beeilte sich ungemein an diesem Morgen von Bord zu kommen. Franziska und Vicky nahmen sich eine Taxe und fuhren in die Innenstadt – sie hätten die kurze Strecke auch laufen können, aber Vicky wollte sehr schnell weg von den ganzen Blicken. Sie schlenderten zunächst über den Basar, wo die meisten Geschäfte noch geschlossen hatten und Franziska beschloss in einer Apotheke nach ihrem Asthmaspray zu fragen.

In Ägypten wird das gleiche Medikament unter einem anderen Namen vertrieben und ist um einiges preiswerter als der Eigenanteil der Medikamente in Deutschland.

Die ältere Apothekerin hatte nur zwei Spraydosen vorrätig, schickte aber einen Mitarbeiter mit dem Fahrrad los in einer Nachbarapotheke die zwei weiteren Sprays zu besorgen.

Franziska zahlte für alles umgerechnet keine 5,- € und zog mit 4 Sprays strahlend davon. Danach überlegten sie ob sie ein wenig Karkade und Gewürze kaufen sollten, entschieden sich aber zuerst mit einer Kutsche (endlich hatte Franziska sich durchgesetzt Kutsche zu fahren) zum neuen nubischen Museum zu fahren.

Das Museum liegt ein wenig am Rande Assuans in Richtung der Strecke zum unvollendeten Obelisken und nicht weit entfernt vom bekannten Hotel Old Cataract.

Nach dem Museumsbesuch kauften sie sich mehrere Tüten Chips und zwei Flaschen Baraka (Wasser) und setzten sich in die Gartenanlage neben dem Old Cataract   Hotel. Auch von dort hat man an einer

Stelle einen traumhaften Blick auf den Nil und die Insel Elephantine.

Nach einer guten Stunde des Ausruhens beschlossen sie noch einmal zum Basar zu fahren um die Gewürze zu kaufen.

Beladen mit Karkade, Kreuzkümmel, Safran, etwas getrockneter Mulochiye sowie einem Kristallstein (der als Deo verwandt wird) und einigen echten Lufa-Schwämmen suchten sie nun noch einen Bäcker oder besser gesagt Konditor. Am Ende der Basarstraße folgten sie dem Geruch von frischem Kuchen und fanden in einer kleinen Seitenstraße eine Bäckerei – oder besser gesagt eine Konditorei, die große Pappteller dekoriert mit Baklava und Millionen von Kalorien im Akkord verkaufte. Genau solch einen Teller kauften sie für den DJ in der Hoffnung, dass er es wirklich mit seinem Freund geschafft hatte, den MP3-Player zu bespielen.

Vicky war nicht bereit mit der Kutsche zum Schiff zu fahren. Sie fand es außerordentlich peinlich und so nahmen sie schließlich eine Taxe. An der Anlegestelle angekommen, hatten sie nun das Problem, dass der Fahrer seine Schicht gerade erst begonnen hatte, und noch nicht so viel Wechselgeld einstecken hatte.

Franziska hatte nur große Scheine noch einstecken und entschied sich am nächstgelegenen „Büdchen" irgend etwas zu kaufen.

Da entdeckte sie einen kleinen Abreißkalender für das kommende Jahr der die normalen Kalendertage in arabischer Schrift aber auch die Kalendertage nach dem muslimischen Kalender aufgedruckt hatte. Das wäre doch eine nette Aufmerksamkeit für Omar dachte sie sich und kaufte schnell den Kalender und konnte dann die Taxe bezahlen.

Schwerbepackt betraten sie die Lobby des Schiffs, welches heute an zweiter Position lag, und wurde auch schon von einem Mitarbeiter des Housekeeping mit einem Lächeln und hello Habibi begrüßt.
Schnell eilte Vicky in die Kabine um alles abzuladen und sich den Blicken von neugierigen anderen Gästen zu entziehen.
Nach einer kurzen Erholpause auf dem Bett und einen Blick ins deutsche Fernsehprogramm, war es schon wieder Zeit zum Mittagessen.

Am Tisch wurden dann die Einzelheiten der Ausflüge am Nachmittag besprochen und Franziska und Vicky sowie Karin und Bernd beschlossen die Felukkah-Fahrt auf jeden Fall mitzumachen. Für den nächsten Tag hatten sie sich für Abu-Simbel angemeldet und das hieß – sehr, sehr früh zu Bett gehen.

Anne und Vincenzo saßen etwas unterkühlt am Tisch und Anne konnte ihren Unmut nicht mehr länger unterdrücken. Vincenzo weigerte sich heute Nachmittag wie auch morgen früh mit der Gruppe mitzufahren.
Ein kurzer Blick von Karin zu Franziska verriet deren angstvolle Gedanken: *oh nein lieber Gott, bitte lasse Anne nicht mit uns die Ausflüge verbringen. Nicht den Nachmittag auf dem Nil, und schon gar nicht die stundenlange Fahrt im Bus nach Abu-Simbel.*

Doch da erschien ein Silberstreifen am Horizont:
Ich habe heute Vormittag einen sehr netten Herrn hier an Bord kennengelernt, er heißt Omar Khaled wirkt aber gar nicht wie so ein Ägypter. Er erzählte mir, dass er schon lange in Deutschland lebt und daher besser deutsch als arabisch spricht, er ist auch daran interessiert die Ausflüge mitzumachen. Vielleicht werde ich mich ihm anschließen, verkündete Anne mit einem giftigen Lächeln in Richtung Vincenzo.

Franziska wie auch Vicky blieb der Bissen im Halse stecken - *wie heißt der noch mal??* fragte Vicky atemlos.
Unterm Tisch wurde sie gerade heftigst von ihrer Mutter getreten.
Omar Khaled, meinte Anne sehr wichtig. *Das ist doch dieser große, gut aussehende Herr dort drüben auf der anderen Seite der Tischreihen, dort in der Nähe des Dessert-Buffets.*

Vincenzo hingegen war unbeeindruckt. *Ich wollte mir in Ruhe das Nubische Museum anschauen und für Morgen habe ich eine Wanderung geplant zu den Nekropolen auf der anderen Nilseite.*

Anne stand mit einem eisigen Blick auf, und eilte in Richtung Dessert oder besser „ Wolfgang – Omar „.
Vicky blickte ihre Mutter fragend an, doch die meinte nur, *ich muss nachher unbedingt meinen Freund in Frankfurt anrufen und ihm von unseren Ausflügen und Begegnungen erzählen.*

Nach dem Essen nahmen alle noch einen Kaffee auf dem Sonnendeck und zogen dann in Richtung Innenstadt los um zu einer Fellukkah-Anlegestelle zu gehen.

Die Vierer-Gruppe drehte sich mehrmals unauffällig zu Anne und ihrem Begleiter um. Sie ging tatsächlich sehr anlehnungsbedürftig und zutraulich die lange Corniche am Nil entlang. Und auch Wolfgang – Omar war nicht gerade auf körperliche Distanz bedacht.

In einem geeigneten Moment – flüsterte Franziska ihrer Tochter nur kurz zu: *wir reden später in der Kabine darüber – aber bitte kein Wort zu den anderen – und denk dran ich möchte diesem Knaben nicht begegnen. Irgendwas ist hier oberfaul!!*

Nach einem Spaziergang von zehn Minuten erreichten sie die Anlegestelle und fanden auch „ die schönste Fellukkah „ von Assuan.

Es war etwas wackelig auf das Boot zu kommen, denn nur eine äußerst schmale Holzlatte war der komfortable Steg. Franziska hatte die Horrorvision erst die Handtasche an den Nil zu verlieren und danach selbst noch möglichst unelegant ein kühles Bad zu nehmen. Aber mit einem kurzen Stoßgebet gelang es heil und halbwegs lächelnd auf dem Boot Platz zu nehmen.

Vicky und auch die anderen gingen ganz locker und wie selbstverständlich über dieses schmale Brett und nahmen lachend Platz.

Na ja, es kann nicht jeder so sportlich sein, es muss

auch die ungeschickten, unsportlichen geben, dachte
sie sich kleinlaut.

Trotz eines schwierigen Anfangs wurde es eine fast romantische, einmalige Fahrt. Das Boot umrundete die einzelnen Inseln und ein kühler Wind sorgte dafür, dass keiner merkte wie stark die Sonne gerade hier auf dem Wasser ihre Kraft in Form von Sonnenbränden verteilen konnte.

An der Kitchener - Insel legte der Bootsführer an, und sie hatten die Gelegenheit für fast 2 Stunden auf der Insel die unterschiedlichsten tropischen Pflanzen zu bewundern.

Zurück auf der kleinen Fellukkah hatte der Bootsführer für alle einen Tee zubereitet.

Da das Wasser ja abgekocht war, machten sie sich lieber keine Gedanken darüber ob er es kurz zuvor erst aus dem Nil geschöpft hatte, oder ob er eine Flasche mit Wasser mitgebracht hatte.

Für alle Fälle haben wir ja Tabletten in der Kabine,
tröstete Franziska ihre Tochter.

Aber erstaunlicherweise ging es auch am Abend noch allen gut.

Nach dem Abendessen saßen viele der Passagiere noch zu einem kleinen Drink an Deck. Nach und nach leerten sich aber die Plätze, woraus man schließen konnte wer alles am frühen Morgen mit nach Abu-Simbel fahren würde.

Franziska eilte mit Vicky noch kurz zur Bar und der DJ strahlte und winkte schon weitem.

Er hatte es geschafft, nicht nur das „Habibi-Lied "

sondern auch einige der aktuellen ägyptischen Songs auf den MP-3-Player zu überspielen.

Vicky vergaß vor lauter Freude fast ihm die Süßigkeiten zu holen.

Sie saß nur noch mit verklärter Miene in der Sitzgruppe und hörte sich im Schnelllauf die verschiedenen Lieder an.

Es war kurz nach vier Uhr als der Weckruf für eine nächtliche Unruhe an Bord sorgte. Vorsorglich hatten sich Vicky und ihre Mutter alle Kleidungsstücke und Foto-Utensilien, Handys und Sonnencreme schon zurecht gelegt.

So mussten sie noch schnell eine Wachwerde-Dusche nehmen und dann in das Restaurant eilen. Die Kellner waren genauso begeistert über diese frühe Stunde wie die Passagiere. Selbst der stets muntere Reiseleiter war an diesem Morgen etwas wortkarg.

Schweigend packten viele noch eine Flasche Wasser ein und verließen das Schiff. Oben an der Straße stand schon der Reisebus, der sie alle nach Abu-Simbel bringen sollte.

Der Fahrer, - er musste diese schreckliche Uhrzeit gewöhnt sein – saß munter hinter seinem Steuer und hatte das Radio auf vollen Touren laufen.

Karin hatte die gegenüberliegenden 2 Plätze für Franziska und Vicky freigehalten. Es dauerte keine 10 Minuten, und es war kein Flüstern, lachen oder sonstiges Geräusch mehr zu hören. Der Fahrer hatte sein Radio sehr leise gestellt, und einer nach dem anderen der Passagiere schlief wieder seelenruhig ein.

Nach einer gefühlten Ewigkeit und Rückenschmerzen vom unbequemen Sitzen erwachte nach und nach die Gästeschar. Flaschen wurden geöffnet, Fotoapparate ausgepackt und jede Menge verwackelte Aufnahmen während der Fahrt aufgenommen.

Der Reiseleiter war auch wieder wach und hielt eine Tasse mit Kaffee in der Hand und besprach den heutigen Ausflug.
Wo zum Teufel hat der denn einen Kaffee her - murmelte Karin leise.
Aber die Erklärungen über die unvorstellbare Aufgabe, diesen Tempel mit seinen Monumentalfiguren zu zerlegen und an anderer, höher gelegener Stelle wieder aufzubauen, weckte auch bei Franziska und Karin die Lebensgeister. Diese Umsiedlung war nötig geworden um den Bau des Nasserstaudammes zu ermöglichen. Die ganze Welt hatte Gelder für dieses Vorhaben gespendet und der Umbau selbst wurde von internationalen Fachleuten in einer Gemeinschaftsaktion bewältigt. Keiner der großen Steinquader war zu Schaden gekommen und sogar das Lichtwunder ist noch heute zweimal jährlich zu bewundern.

So ein Mist, murmelte Vicky *wir sind genau ein paar Wochen zu früh gekommen, dann hätten wir dieses Schauspiel in den frühen Morgenstunden erleben können.*

Du willst doch nicht ernsthaft behaupten, dass Du mitten in der Nacht aufgestanden wärst um hierher zu fahren. Überleg mal wann hier unten im Süden Ägyptens morgens die Sonne aufgeht!!

Na ja, aber es wäre doch schon faszinierend gewesen – und ich hätte ohne Ende damit angeben können.

Nein wir hätten in der hintersten Reihe gestanden, und wahrscheinlich von allem nicht viel mitbekommen, kommentierte Franziska.

Nach einigen weiteren Erklärungen des Reiseleiters und Rückfragen der erwachenden Passagiere erreichten sie Abu Simbel.

Schon beim Aussteigen aus dem klimatisierten Bus schlug ihnen eine Hitzewelle entgegen. Auf dem Busparkplatz standen bereits schon einige Busse und die Insassen standen vor ihren Bussen mit Wasserflaschen in den Händen herum.
Nach einem kleinen Fußmarsch erreichten sie die Tempelanlage in unmittelbarer Nähe des Stausees. Die gewaltigen aus Stein gehauenen Statuen waren in ihrer Größe aber auch in ihrer Perfektion und Schönheit beeindruckend.

Vicky wie auch Karin waren hin und hergerissen zwischen staunen, zuhören und fotografieren.
Unter all den Frühaufstehern war natürlich auch Anne und „Wolfgang" in der Nähe des Tempels mit fotografieren beschäftigt. Und siehe da, er hatte keine große Kameraausrüstung in der Hand, es war eine

kleine Digitalkamera wie Vicky mit einer verwunderten Feststellung bemerkte.
Trotzdem hatte er seine große Reisetasche wieder dabei. Aber er fotografierte ausschließlich mit der kleinen Kamera.

Nach dem Besichtigungsteil schlenderten die meisten noch zu den in der Nähe der Bushaltestelle gelegenen kleinen Souvenir -und Erfrischungsständen.
An einem der Erfrischungsstände hatte „Wolfgang" seiner Anne eine Limonade besorgt und sie belohnte ihn kameradschaftlicherweise mit einem hingebungsvollen Kuss.
Na das war doch mal eine Überraschung.
Der treue Ehemann und die „Vincenzo-entwöhnte " Anne.
Karin konnte sich gar nicht beruhigen bei diesem Anblick und zückte kurzerhand ihren Foto um ein paar nette Erinnerungsfotos der beiden zu machen.
Was glaubst Du wie die sich heute abends freuen wird, wenn ich ihr die Bilder zeigen werde. Die zittert doch dann vor Angst , dass ich diese Kunstwerke allgemein herumzeigen werde.

Auch Franziska und Vicky schauten sich bei den Souvenirständen um und mussten auch die eine oder andere Kleinigkeit in Form einer Schneekugel mit dem Tempel von Abu-Simbel , einer Tischdecke mit dazu passenden Servietten bedruckt mit einer Jagdszene mit vielen Wasservögeln, und einem weiteren Schal für Vicky– dieses Mal allerdings für den Winter - kaufen.
Vicky machte ihre Mutter auf „Wolfgang"

aufmerksam, der seitlich eines Souvenirstandes an eine Mauer gelehnt stand und aufgeregt in sein Handy sprach.

Diese Gelegenheit konnte sich Franziska nicht entgehen lassen, kurzerhand wanderte sie bepackt mit einigen neuen Errungenschaften in die Nähe von Wolfgang.

An die Wand des kleinen Souvenirladens gelehnt, schaute sie interessiert in einen Reiseführer, und versuchte so viel wie möglich vom Gespräch „ um die Ecke „ zu belauschen.

Ja Schatz, ich habe schon einige Stücke von Farid erhalten, werde aber noch mal mit seinem Partner sprechen, der hat angeblich einige kleine Statuen und einen Papyrus für mich.
Denk daran, wenn Du mich nächste Woche im Hotel erreichen willst – verlange Herrn Omar Khaled.

Hast Du übrigens was vom Büro gehört?
Ja, ich versuche so wenig wie möglich in der Sonne herumzulaufen. Soll ich für die Kinder wieder Süßigkeiten mitbringen?
Nein, glaub mir für Klamotten einzukaufen habe ich bestimmt keine Zeit, aber das kann ich doch beim nächsten Mal erledigen, dann werde ich in Kairo sein und habe bestimmt mal zwischendurch Zeit nach Schuhen und T-Shirts zu sehen.

Ich werde Dich vom Flughafen aus anrufen, sag doch bitte Joachim Bescheid, dass er mich heute Abend ab 22.00Uhr deutsche Zeit anruft. Ich muss noch mit ihm absprechen, dass er auch Dienst hat, wenn ich

ankomme.
Dann können wir wenn alles gut geht, die Ferienwohnung bald kaufen.
Ich muss jetzt mal Schluss machen, denn unser Bus fährt bestimmt bald wieder zurück, und ich wollte vorher noch einen schnellen Kaffee trinken.

Franziska eilte so schnell sie konnte in das kleine Lädchen und kaufte den Reiseführer, den sie schon minutenlang in der Hand gehalten hatte.
Später im Bus stellte sie fest, dass sie die italienische Ausgabe erwischt hatte und rätselte wem sie dieses Exemplar denn schenken könnte.

Anne zeigte vor dem Bus stolz die fünf erworbenen Postkarten herum, und Karin konnte es sich nicht verkneifen, ihr eine schöne Überraschung für den Abend anzukündigen.
„Wolfgang" schleppte sich an seiner Reisetasche wie immer ab, war aber so unintelligent im Bus seine Digitalkamera mit den neu aufgenommenen Fotos herumzureichen.

Nach einer kurzen Fahrt hielt der Bus an einem einfachen Restaurant an und die angebotenen ägyptischen Speisen fanden reißenden Absatz.
Die Herren der Reisegruppe probierten sich an der landesüblichen Shisha und unter einigen Hustenanfällen kaufte der Eine oder Andere eine Wasserpfeife mit dazugehöriger Kohle und Tabak.

Franziska saß nervös auf ihrem Platz im Bus und wartete nur darauf, nach ihrer Rückkehr in Frankfurt anzurufen.

Was hatte dieser Mensch nur vor? Und warum ließ er sich hier im Hotel unter Omar Khaled erreichen.

Wollte er Omar vielleicht in eine kriminelle Sache reinziehen oder aber wollte er sie hier unter falschem Namen abwickeln um bei späteren eventuellen Ermittlungen eine falsche Fährte zu legen.

Dieser Kerl war doch wirklich raffiniert.

Die Rückfahrt verlief zwar genauso schnell wie die Anfahrt am Morgen, aber die Zeit schien sich für Franziska zu ziehen wie ein alter Kaugummi.

Und nach einer guten Stunde Fahrt war auch Franziska an Vickys Schulter eingeschlafen.

Sofort nach der Ankunft in Assuan, eilte Franziska unter die Dusche und verzog sich danach für eine halbe Stunde in ihr Bett.

Währenddessen duschte Vicky ausführlich, und Franziska griff sofort zum Telefon.

Nach einigen Minuten meldete sich Omar und war mehr als überrascht über die „ Neuigkeiten" die er erfahren musste.

Franziska, ich glaube mich will hier jemand ganz ordentlich in eine sehr unangenehme Lage bringen.

Sei bitte sehr vorsichtig, dass er Dich nicht erkennt.

Ich überlege mir in den nächsten Tagen was ich unternehmen kann, und ob ich vielleicht meinen früheren Vorgesetzten in Luxor anrufen soll. Aber ich muss darüber noch in aller Ruhe nachdenken, es könnte ja sein, dass da eine größere Geschichte dahintersteckt und Wolfgang nicht alleine „ arbeitet

,,.
Versprich mir bitte, dass Du auf Dich aufpasst.

Ich rufe Dich morgen an, wann ich genau nach Luxor komme- aber vorher überprüfe ich ob Wolfgang davon wusste, dass ich demnächst in Ägypten sein werde.

Der Folklore-Abend verlief wie auch die anderen Abende in der Bar mit großer Beteiligung. Die Abu-Simbel Besucher waren schon früh müde und zogen sich zurück nur einige wenige waren ausdauernd an der Bar und wurden von Minute zu Minute munterer und fröhlicher.
Franziska saß mit Vicky und Karin mit ihrem Ehemann in gemütlicher Runde zusammen, alle waren von der langen Fahrt und dem Erlebten des Tages etwas müde. Nur Vicky schien noch relativ fit zu sein und beschloss mit einem Glas Orangensaft in der Hand noch ein wenig nach den Sternen auf dem Sonnendeck zu schauen.
Wenn Du dreimal klopfst öffne ich Dir vielleicht auch unsere Kabinentür, versprach Franziska die sich in Kürze auch zurückziehen wollte.
Karin lächelte wissend als Vicky die Bar verlassen hatte:
Ist es der Sternenhimmel oder der himmlische Kapitän? den Deine Tochter unbedingt noch einmal sehen muss?

Ich denke – notfalls beides – lachte Franziska und trank dabei ihr Glas aus. Gemeinsam verließen sie die

Bar und zogen sich in die Kabinen zurück.

Morgen sollte es ins Tal der Könige gehen, und das Schiff würde die ganze Nacht hindurch fahren, damit sie am frühen Morgen schon in die Busse zum Tal steigen konnten.

Franziska legte sich schon die Kleidung für den nächsten Morgen zurecht, das wichtigste waren bequeme Schuhe und die Jeans mit großen Taschen für das Asthmaspray.

Sie war schon einige Zeit eingeschlafen, als es leise aber ausdauernd an der Tür klopfte – verschlafen stellte sie fest, dass Vicky wohl etwas länger und intensiv den Sternenhimmel betrachtet hatte.

Hi, Du Nachtgespenst, bist Du denn überhaupt nicht müde nach der langen Tour heute- bzw. gestern?
Oder waren die Sterne so schön?

Die Sterne auch, aber noch interessanter war der Kapitän unseres Schiffes. Hast Du diese unwahrscheinlich tiefbraunen Augen bemerkt.
Sag mal, hättest Du was dagegen, wenn ich morgen den Besuch im Tal ausfallen lasse? Ich glaube, wenn mir unser Kapitän Luxor einmal in Ruhe zeigen könnte, wäre das sicher auch sehr interessant. Er wohnt hier in der Nähe in einem kleinen Dorf, aber sein Bruder mit Familie wohnt in Luxor und dort würde er mich gerne zum Essen mitnehmen.

OK, aber dann lass mich jetzt schlafen, ich muss nämlich früh raus morgen. Wer nimmt dann den Foto mit? ich denke Du willst sicherlich einige Aufnahmen in Luxor machen.
Und meine Fotokünste sind nicht die Besten.

Und ich muss Dich dieses Mal nicht ermahnen nicht zu spät zurück zu kommen. Denn ohne „Deinen „ Kapitän fährt ja wohl unser Schiff nicht weiter, bzw. auch im Stand muss ja immer ein Kapitän an Bord sein.

Die wenigen Stunden bis zum Aufstehen vergingen leider viel zu schnell, und Franziska war kaum in der Lage ein halbwegs nettes, dezentes Make up zu zaubern, bevor sie sich zum Frühstück begab. Vicky lag noch im Tiefschlaf und wollte erst später mit der Luxor-Besichtigungs-Tour beginnen.
Leise packte Franziska ihre Sprays und die Wasserflasche in ihre Umhängetasche.
Auch Karin und Bernd saßen noch sehr müde am Frühstückstisch. Anne rauschte wie gewohnt munter und endlos plappernd am Frühstücksbuffet entlang und wartete auf Vincenzo, der auch an diesem Morgen den Ausflug nicht mitmachen wollte. Er plante den Weg über die Berge vom Tal aus zum Hatschepsut-Tempel zu erkunden, und wollte nicht mit dem Bus sondern mit einer Taxe rüber zum Tal fahren.

Nach einem kurzen Frühstück und drei Tassen Kaffee fühlte Franziska sich fit für die kurze Fahrt hinüber auf die andere Uferseite zum Tal der Könige.
Anne hatte mit Wolfgang zusammen in der Nähe des Fahrers oder besser gesagt des Reiseleiters Platz genommen und   stellte unzählige, teilweise leicht debile Fragen.
Wolfgang hielt sich zurück, dafür waren seine Hände

während der Fahrt umso aktiver.

Nach einer vielleicht zwanzig Minütigen Fahrt, kamen sie am Eingang des Tales an, der Weg führte sie vorbei am sogenannten deutschen Haus – das schon seit vielen Jahren von Mitarbeitern des deutschen ägyptologischen Institutes bewohnt war.

Auch das an einem Hügel liegende Haus von Howard Carter war vom Bus aus zu erkennen.

Die Hitze schlug ihnen entgegen, und die meisten waren dankbar für die kleine Erfrischung die ihnen vom Busfahrer angeboten wurde.

Nach einem kurzen Fußmarsch kamen sie an der Kasse an:

Drei Gräberbesuche sind im Eintrittspreis enthalten, das Grab von Tut-Anch-Amun musste extra bezahlt werden.

Franziska wählte auch noch das Extragrab und auch Karin und ihr Ehemann wollten sich dieses weltberühmte Grab nicht entgehen lassen. Anne und ihr neuer Begleiter waren nicht zu entdecken, aber es war trotz der frühen Stunde schon sehr voll und man hatte Schwierigkeiten sich so schnell zu orientieren.

Es war bestimmt schon 40 Grad warm und in den Gräbern kam die Feuchtigkeit durch den Atem der vielen Besucher noch dazu.

Franziska hatte aufgrund des Asthmas einige Schwierigkeiten die vielen Treppen zügig wieder hinauf zu gehen und bat Karin schon vor zu gehen, sie käme schon langsam hinterher. Es wäre bestimmt besser sich in ca. 2 Stunden wieder am Bus zu treffen.

Sie befand sich im Grab Nr. 17 das Grab des Pharaos Sethos I.

Es handelt sich hierbei um eines der größten und auch schönsten Gräber im ganzen östlichen Tal. Es besteht aus diversen Hallen und ist mit wunderschönen Beschriftungen und Malereien versehen.

Franziska ließ sich Zeit um in einige der Hallen wenigstens hinein zu blicken, spürte aber dass die Hitze und die Luftfeuchtigkeit ihr ein wenig den Atem nahmen. Zum Glück war es in diesem Grab wenigstens nicht so voll wie in den beiden anderen Gräbern zuvor.

Gerade als sie vor einem sehr gut erhaltenen farbigen Hochrelief einer Jagdszene stand, spürte sie einen unendlich schmerzhaften Schlag auf den Hinterkopf und dann versank sie ins Land der Träume.

Die anderen Mitglieder der Besuchergruppe fanden sich nach und nach am Busparkplatz wieder ein, und hatten zum Teil noch einige Erinnerungen an diesen Besuch in der Basarstraße, am Ausgang des Tales gelegen, erworben. Der Platz neben Karin und ihrem Mann wurde von der Begleiterin der alten Dame aus Hamburg belegt und nach kurzer Ansprache durch den Reiseleiter fuhr der Bus in Richtung Hatschepsut-Tempel davon.

Auch hier schlug den Besuchern eine unendliche Hitze entgegen, Karins Mann wollte zunächst an dem rechts vor dem Weg zum Tempel gelegenen Imbiss einen Kaffee trinken, daher fiel es auch nicht weiter auf, dass Franziska gar nicht mehr bei der Gruppe war.

Erst als die Gruppe auf dem Rückweg an den Memnon-Kolossen halt machte, bemerkte Karin, dass Franziska fehlte.

Sie sprach den Reiseleiter an, der sich nervös umschaute und aufgeregt nachfragte, wann sie denn das letzte Mal gesehen wurde.

Keiner konnte sich genau erinnern, und Karin meinte im Tal der Könige das letzte Gespräch mit ihr geführt zu haben.

Der Reiseleiter griff zu seinem Handy und rief die Leitung der Touristenpolizei im Tal an. Vielleicht hatte sich Franziska ja auch ein Taxi genommen und war zum Schiff zurückgefahren. An der Kasse und bei der Station der Touristenpolizei im Tal war nichts bekannt.

Er rief daraufhin sofort an der Rezeption des Schiffes an, aber auch dort hatte sie sich nicht gemeldet.

Ihr Kopf dröhnte, langsam öffnete sie die Augen aber es war nur schwaches Licht dafür aber unendlich viel Staub um sie herum. Wo war sie denn nur um Gottes Willen. Sie lag auf einem staubigen Holzboden und spürte jedes ihrer Körperteile sehr intensiv.

Irgendjemand wischte ihr mit einem feuchten Tuch über das Gesicht und sprach aufgeregt auf sie ein. Sie konnte kein Wort verstehen, nur jedes zehnte Wort kam ihr etwas bekannt vor, aber das war auch nicht wichtig, wenn nur diese Kopfschmerzen aufhören würden.

Eine Wasserflasche wurde ihr an den Mund geführt und egal von wem auch immer die war, sie trank in großen Schlucken.

Mit Hilfe eines älteren Mannes in Galabyja versuchte sie sich aufzurichten, aber das war gar nicht so einfach. Leise und stockend fragte Franziska wo sie denn sei, aber ihr Gegenüber verstand sie offensichtlich nicht und sprach sie in holprigem Englisch an.

Na gut, das bekomme ich auch noch hin, dachte sie bemüht ihre Gedanken zu sammeln, und stellte in einem kaum besseren Englisch ihre Fragen.

King Valley, King Valley!

Versuchte ihr der alte Mann zu erklären.

Ja, das war es, sie war im Tal der Könige – vielleicht war ihr in der schwülen Luft in einem der Gräber schlecht geworden und sie war ohnmächtig geworden. Wenn nur der Kopf nicht so schrecklich schmerzen würde. Mit der rechten Hand versuchte sie sich den Staub aus dem Gesicht zu wischen und erschrak als sie bemerkte, dass die Hand völlig blutverschmiert war.

Na toll, jetzt hätte ich doch gerne die Tetanus-Impfung gehabt, die mir mein Arzt vorgeschlagen hat. Aber wo blutete sie denn nur.

Franziska war kein Held, und bei einer stark blutenden Wunde im Bereich des Kopfes bekam sie regelrecht Angst.

Sie hörte Schritte die sich schnell näherten, drei in eine weiße Uniform gekleidete Soldaten oder Polizeibeamte kamen auf sie zugeeilt.

Man legte ihr mitten im Halbdunkel des Grabes einen provisorischen Kopfverband an und zwei der Polizisten halfen ihr auf die Beine. Die Beiden

führten oder schleppten sie besser die vielen Stufen hinauf in die Mittagshitze des Tales.
Trotz Unterstützung konnte sie die vielen Stufen kaum bewältigen. Sie spürte wie ihr das Atmen immer schwerer viel, und musste immer öfter stehenbleiben.
Nervös suchte sie in ihrer Hosentasche nach dem Asthmaspray und versuchte verzweifelt den Schutzdeckel des Sprays zu entfernen. Mit zitternden Händen sprühte sie zwei-dreimal und spürte eine geringe Verbesserung.
Einer der beiden Polizisten sammelte seine Kräfte und trug sie die letzten Holzstufen nach oben.

Ein hier schon bereits wartender höherer Beamter der Touristenpolizei stellte sich Franziska vor und fragte wie der Vorfall denn passiert sei.
Er sprach ein fließendes Englisch und Franziska konnte mit ihrem Schulenglisch kaum mithalten.

Ich weiß es nicht, ich glaube ich spürte einen Schlag auf den Kopf, aber ich bin nicht sicher, vielleicht bin ich auch einfach nur gestürzt. Aber ich glaube meine Handtasche liegt noch immer im Grab .

Beruhigen Sie sich, wir werden umgehend noch einmal das Grab absuchen lassen. Wir haben das Grab vorübergehend für alle Besucher gesperrt.
Aber in wenigen Minuten müsste ein Krankenwagen mit einem Arzt hier sein, und sie zur Untersuchung ins Krankenhaus bringen.
Man war sehr bemüht um sie und reichte ihr nochmals eine Flasche mit eiskaltem Wasser.

Können Sie mir bitte Ihren Namen und Ihre Anschrift hier im Hotel nennen?, fragte er und hatte einen Notizblock schreib- bereit in der Hand.

Franziska nannte im ihren Namen und den Namen des Schiffes.
Meine Tochter ist auf dem Schiff, sie war bei diesem Ausflug heute nicht dabei, sie wollte sich in Ruhe in Luxor umschauen.
Nach wenigen Minuten traf der überraschend moderne Krankenwagen ein und unter den Augen von vielen Neugierigen wurde sie vorsichtig in das Innere des Wagens gehoben.

Langsam wurde auch Karin nervös und schlug vor noch einmal zurück zu fahren. Sie warteten einige Minuten bis das Handy des Reiseleiters läutete.
An der Kasse hatte sie sich nicht gemeldet, aber ein Sicherheitsmitarbeiter hatte eine Frau mittleren Alters mit einer Kopfverletzung in einem entlegenen Winkel des Grabes 17 gefunden. Leider hatte sie keinerlei Papiere oder Tasche bei sich und war auch zunächst nicht ganz ansprechbar.
Aufgrund der Verletzung wurde sie auf schnellstem Weg mit einem Krankenwagen in das Internationale Krankenhaus in Luxor gebracht.

Der Bus fuhr daraufhin sofort zum Schiff zurück und der Reiseleiter stieg unterwegs in der Sharia Mustashfa direkt vor dem Krankenhaus aus und versuchte zu klären ob es sich bei der gefundenen Touristin um Franziska handelte.

Nach einer längeren Wartezeit kam der behandelnde Arzt auf den Reiseleiter zu und führte ihn zu seiner neuen Patientin.

Franziska lag mit einem dicken weißen Verband um den Kopf gewickelt in einem großen Einzelzimmer und blickte etwas hilflos zu Ashraf ihrem Reiseleiter hinüber.

Ach, Sie Ärmste, wie ist denn das passiert, sind Sie gestürzt?
Wir haben uns solche Sorgen um Sie gemacht.
Ich werde gleich Ihre Tochter verständigen, dass man sie hierher bringt.

Franziska schaute unter schweren Lidern zu ihm hinüber.

Ich habe keine Ahnung was passiert ist, das letzte was ich noch genau sagen kann ist, dass ich im Grab Nr. 17 – ich glaube Sethos I.- mir ein Relief anschaute.
Und dann spürte ich einen wahnsinnigen Schmerz und kam erst wieder zu mir, als mir jemand mit einem feuchten Tuch das Gesicht abtupfte.
Zum Glück haben mich irgendwelche Polizisten dann

mehr tragend als unterstützend aus dem Grab herausgebracht.

Ich habe noch immer gewaltige Kopfschmerzen und bin froh, dass ich in diesem Zimmer hier alleine liegen kann.

Weiß denn meine Tochter schon Bescheid, dass ich hier liege?

Nein, aber ich werde gleich an der Rezeption des Schiffes anrufen. Was sagt denn der Arzt zu Ihrer Verletzung?

Ich habe eine Gehirnerschütterung und eine große Platzwunde am Hinterkopf. Und eine große kahle Stelle wenn der Verband abgenommen wird. Die Ärzte und Schwestern sind sehr nett hier aber ich bin froh, wenn ich das Krankenhaus wieder verlassen kann. Hat man denn meine Handtasche gefunden?

Es war zum Glück nicht viel darin, Pass, Geld und Bankkarten habe ich alle im Safe auf dem Schiff gelassen. Ich hatte nur etwas Geld für den Ausflug und mein Handy und ein kleines Notizbuch mit den wichtigsten Adressen sowie 2 Asthmasprays einstecken.

Franziska, kann ich Ihnen irgendetwas besorgen, benötigen Sie Kleidung oder kann ich noch jemanden informieren?

Nein danke, wenn meine Tochter kommt, wird sie mir sicherlich ein paar Dinge mitbringen – aber wenn Sie meiner Tochter beim Auschecken vom Schiff behilflich sein könnten. Ich habe hier in Luxor ein

Zimmer schon für mich reserviert, die Unterlagen habe ich bei meinen Papieren auf dem Schiff, wenn Sie aber so nett wären und meine Tochter ins Hotel begleiten könnten wäre das sehr nett.

In diesem Moment wurde die Tür geöffnet und zwei Männer in Uniform betraten das Zimmer. Sie stellten sich als Mitarbeiter der Touristenpolizei vor, und einer von beiden konnte sich gut in Deutsch verständigen. Sie baten Ashraf das Zimmer zu verlassen aber im Flur auf die beiden noch ein wenig zu warten.
Ashraf versprach später noch einmal nach Franziska zu sehen und in der Zwischenzeit ihre Tochter zu informieren.

Der ältere der beiden stellte sich als Nabil Marzouk vor. In einem langen Gespräch teilte er ihr mit, dass die Art der Verletzung auf eine Fremdeinwirkung schließen ließ.
Doch trotz angestrengten Nachdenkens konnte sich Franziska nicht an die letzten Minuten vor ihrer Ohnmacht erinnern. Ihre Handtasche war in einem Papierkorb unweit des Busparkplatzes im Tal der Könige gefunden worden. Nach einem kurzen Blick stellte sie fest, dass außer dem Handy alles noch vorhanden war, es war noch nicht einmal Geld entwendet worden.
Aber auch das Handy war kein großer finanzieller Verlust, da sie ein Prepaid-Handy besaß, das schon mindestens 5 Jahre alt war.
Der einzige Verlust waren alle Telefonnummern, die sie sich nicht gesondert notiert hatte. Das hieß auch

Omars Nummer war nicht mehr vorhanden. Aber wenn sie erst entlassen war, wollte sie alles versuchen über die Auskunft seine Festnetznummer oder auch seine Handynummer zu erhalten. Und vielleicht konnte sie ihn vor seinem Abflug nach Ägypten noch erreichen.

Aber sie war sich sicher, dass Omar sie finden würde, schließlich war er Polizist.

In ihre Überlegungen hinein reichte ihr der Kollege von Marzouk einen gold eingefassten Perlohrring.

Ihren Ohrring haben wir im Grab noch an der Stelle gefunden, an der sie lagen.

Franziska nahm den Ohrring dankend entgegen, und überlegte krampfhaft wo sie diesen Ohrring schon einmal gesehen hatte.

Gegenüber den Polizeibeamten wollte sie nicht zugeben, dass es sich nicht um ihren Schmuck handelte.

Ich leg ihn erstmal in die Nachtisch-Schublade und überlege später woher mir dieser Ohrring bekannt vorkommt.

Vicky vielleicht, nein die trug keine Perlen.

Die Polizisten hatten noch einige Fragen, aber Franziska konnte nicht besonders behilflich sein und konnte sich auch nicht lange konzentrieren, dafür schmerzte die Wunde noch zu sehr.

Nach einer kleinen Ewigkeit verabschiedeten sich die beiden und nahmen Franziska das Versprechen ab, sollte sie früher entlassen werden, hier noch die Adresse ihres Hotels anzugeben.

Sie hatten noch einige Fragen an den Reiseleiter und Ashraf konnte nach einer ganzen Weile noch einmal zu Franziska hereinschauen.

Ihre Tochter war noch nicht an Bord, wird aber sofort verständigt wenn sie wiederkommt. Man wird sie hierher begleiten und sie kann Ihnen sicherlich einige persönliche Dinge vorbeibringen.

Ich werde Ihre Tochter morgen dann in das Hotel begleiten.

Er verabschiedete sich herzlich und eilte dann zurück um Vicky an Bord möglichst selbst die schlechte Nachricht zu überbringen.

Franziska lag nun alleine in diesem großen Zimmer, und spürte wie die Schmerzmittel langsam anfingen zu wirken.

Kurz darauf war sie eingeschlafen.

Der Ausflug in Luxor hatte Vicky gut gefallen. Sie schlenderten durch kleine Gassen, und tranken in einem Straßenkaffee erfrischenden Tamarindensaft.

Sie besuchten den Basar und Vicky war getreu ihrer Gene in einen kleinen Kaufrausch verfallen. Einige T-Shirts, 2 Paar Schuhe und 1 Parfumöl trug mittlerweile der junge Kapitän durch die heißen und staubigen Straßen Luxors.

Vicky hatte das Glück gehabt, dass ihr Begleiter bei allen Preisen noch einiges herunterhandeln konnte. Und so war sie am Ende der Einkaufstour mit erstaunlich niedrigen Ausgaben zurückgekehrt.

Müde aber glücklich über die günstigen Einkäufe,

den schönen Tag und den charmanten Begleiter kehrte sie auf das Boot zurück.
Hier wurde sie schon vom Reiseleiter in der Lobby erwartet.

Hallo Victoria, haben Sie einen Moment Zeit für mich?

Gerne, aber ich wollte erst die Einkäufe in die Kabine bringen und meiner Mutter hallo sagen.

Bleiben Sie lieber hier, es ist etwas Unangenehmes passiert!

Vicky nahm auf seine Bitten hin Platz und schaute ihn unsicher und etwas ängstlich an.

Ihre Mutter hatte heute im Tal der Könige einen kleinen Unfall.
Sie ist wahrscheinlich in einem der Gräber gestürzt und hat sich eine Platzwunde am Kopf und eine Gehirnerschütterung zugezogen. Sie liegt im Internationalen Krankenhaus hier in Luxor und ich habe sie schon besucht.
Wenn Sie ihre Sachen in die Kabine gebracht haben, fahre ich gerne mit Ihnen ins Krankenhaus.

Vicky wusste nicht ob sie froh darüber sein sollte weil Gott sei Dank, die Verletzungen nicht so schlimm waren. Oder ob sie sich doch mehr Gedanken machen musste.
Sie eilte in die Kabine warf die Sachen auf das Bett und nahm sich eine neue Flasche Wasser, eilte die

Treppen hinunter um mit Ashraf schnell ins Krankenhaus zu fahren.

Die Fahrt mit der Taxe dauerte nur wenige Minuten, aber Vicky kamen sie wie eine Ewigkeit vor. Im Krankenhaus angekommen konnte es ihr nicht schnell genug gehen, sich endlich selbst davon zu überzeugen, dass die Verletzungen nicht lebensbedrohlich waren.
Der Blick auf die am Kopf völlig verwickelte Mutter, sah dann aber doch nicht so bedrohlich aus, wie sie es sich vorgestellt hatte.
Hi, wie geht es Dir denn? murmelte sie leise als Franziska erwachte.

Na wunderbar, was denkst du denn. Die Schmerzen sind mittlerweile dank irgendwelcher tollen Tropfen erträglich und wenn ich den Kopf nicht bewege wird mir auch nicht mehr schwindlig.

Wie ist das denn passiert? Bist Du gestolpert oder ist Dir schlecht geworden?

Vicky hatte sich einen Besuchersessel näher ans Bett gezogen, aber das quietschende Geräusch auf dem Steinboden verursachte ihrer Mutter offensichtlich Schmerzen.

Was sagen denn die Ärzte wie lange Du hierbleiben musst?

Das sind aber ziemlich viele Fragen auf einmal, mach mal langsam, Deine alte Mutter hat zurzeit

Probleme sich auf den nächste Satz zu konzentrieren!!

Ein kleines Lächeln huscht e über Franziskas Gesicht.

Ich denke, die wollen mich ein paar Tage zur Beobachtung hierbehalten.

Und nun zu den anderen Fragen, die Beamten von der Touristenpolizei gehen davon aus, dass mir jemand einen Stein auf den Kopf geschlagen hat. Sie vermuten, dass mir jemand die Tasche stehlen wollte.

Nur soweit ich verstanden habe, wurde meine Tasche in einem Papierkorb in der Nähe gefunden und außer meinem Handy fehlt nichts.

Aber in meiner Nähe lag ein Ohrring auf dem Boden. Ich glaube auch, dass ich diesen Ohrring schon ein Mal gesehen habe.

Die Polizei hat mir die Tasche und diesen Ohrring gebracht und ich habe erst mal gesagt, dass mir der Perlohrring auch gehört.

Schau ihn Dir doch mal an, er liegt in der Schublade des Nachttisches in einem Tempo-Taschentuch eingewickelt.

Vicky stand auf und sah sich den Perlohrring genau an.

Es war ein altes Schmuckstück – eine größere tropfenförmige Perle in Gold gefasst.

,Stimmt, ich habe diesen Schmuck schon mal gesehen, aber bei wem?

Kann es sein, dass Karin solche Ohrringe trägt?

Nein Vicky, Karin hat silberne Kreolen die ganzen Tage getragen. Ich zerbreche mir auch schon die ganze Zeit den Kopf.

Ich weiß jetzt wer diese Ohrringe getragen hat:
„ Anne! " rief Vicky unverhältnismäßig laut.

Kannst Du dich nicht erinnern am ersten Abend in
der Bar haben wir noch gelästert, dass sie solch
schönen alten Schmuck trägt und dann das ganze mit
einer modernen silbernen Modeschmuckkette
kombiniert.

Stimmt Vicky, das ist Annes Ohrring. Aber ich hab
sie in dem Grab nicht gesehen, und wenn der
Ohrring in meiner Nähe lag, muss sie mich doch
vielleicht am Boden gesehen oder bemerkt haben.
Komisch !!

Ich habe Angst Vicky, sei bitte vorsichtig. Kannst Du
versuchen heute Abend Omar anzurufen. Und tue mir
einen Gefallen und fahre vom Krankenhaus aus mit
einer Taxe zum Flobater-Hotel und frage dort nach
einem Doppelzimmer für uns.
Ich hatte im Pola-Hotel gebucht, weil ich dann näher
am Nil bin.
Aber ich denke es ist besser, wenn auch vom Schiff
keiner weiß wo wir wohnen werden.
Kannst du denn evtl. noch einige Tage bleiben, wenn
Du das möchtest. Es ist aber OK wenn Du nur meine
Sachen ins Hotel bringen könntest. Ich denke in 2-3
Tagen bin ich wieder halbwegs fit und kann dann mit
Kopftuch um meine kahlen Stellen zu verdecken
wieder unter die Menschheit gehen.

Nein, was denkst Du denn ich rufe später meine

Kollegin an und regele das. Und ich werde versuchen Omar zu erreichen. Die Festnetznummer müsste ja über die Auskunft zu erhalten sein.

Aber um noch mal auf den Ohrring zurückzukommen. Ich denke auch, dass hier einiges sehr merkwürdig ist. Anne müsste dich doch gesehen haben. Und selbst wenn sie vor Dir in diesem Grab war, ist das nicht ein Riesenzufall, dass sie genau an der Stelle ihren Ohrring verliert, an der Du dann gefunden wirst?

Kannst Du nicht heute Abend noch auschecken? Vorausgesetzt es klappt mit dem Hotel??
Ich mache mir Gedanken um Dich, wenn Du alleine auf das Schiff zurückgehst.

Keine Angst ich glaube ich weiß wer mir helfen wird. Es gibt hier sehr hilfsbereite Kapitäne, und ich denke Ied wird mir helfen morgen in aller Ruhe von Bord zu gehen. Er muss ja erst morgen Abend wieder auslaufen und hat tagsüber noch Zeit.

Ich fahre jetzt mal in dem Hotel vorbei wenn du mich hier nicht mehr brauchen kannst und überlege dann in Ruhe auf dem Schiff ob ich heute Abend noch gehe oder erst morgen früh.

Leider kann ich Dich ja nicht anrufen hier, aber ich komme morgen Vormittag, vielleicht geht es dir ja bis dann schon ein wenig besser und ich kann dir von Omar berichten, wann er kommen kann.

Vicky ging nachdenklich den langen Flur im Krankenhaus entlang und stand gedankenverloren vor dem Aufzug.

Aber wie bei allen Aufzügen der Welt, dauerte es eine gefühlte Ewigkeit bis die Kabinentür sich endlich öffnete.

Vor dem Krankenhaus kam ihr eine große Gruppe von Besuchern entgegen, alle bepackt mit kleinen Schüsseln und Päckchen mit den Lieblingsmahlzeiten der Kranken.

Das würde die Schwestern und Ärzte sicher erfreuen, besonders wenn einige Patienten vielleicht eine Diät halten sollten.

Nach einigen Schritten auf die Straße konnte sie eine Taxe anhalten, die sie zum Flobater-Hotel bringen sollte.

Nach einer kurzen Fahrt betrat sie das kleine Hotel und konnte noch zwei Einzelzimmer für den nächsten Tag buchen.

Das Hotel lag etwas entfernt von der Innenstadt, war aber mit einer Taxe oder der von Franziska so geliebten Kutsche in einigen Minuten zu erreichen.

In der Lobby des Hotels bestellte sie sich einen Kaffee und überlegte wie sie am besten weiter vorgehen sollte.

Das wichtigste für ihre Mutter war zunächst Omar zu erreichen. Denn er kannte sich hier besser aus, und konnte auch bei den Befragungen durch die Touristenpolizei behilflich sein.

Und außerdem war es ihr lieber, wenn sie selbst in

den nächsten Tagen abreisen sollte, dass Franziska dann nicht alleine hier war. Nachdem Vicky den Kaffee getrunken hatte, fuhr sie mit der in der Nähe des Hotels stehenden Taxe in die Innenstadt zu einer Postfiliale, die auch über Telefonkabinen verfügte.
Hier versuchte sie mit Hilfe der Beamtin die Nummer Omars zu finden. Nach einer längeren Telefoniererei der Beamtin hatte sie die Festnetznummer gefunden – leider war er aber nicht zu erreichen.
Ziemlich entmutigt lief sie zur Anlegestelle des Schiffes und eilte in ihre Kabine. Nach wenigen Minuten klopfte es zaghaft und der Kellner des Restaurants stand mit einem großen Tablett mit Sandwichs und Obst vor der Tür.

Wie geht es Ihrer Mutter? fragte er in seinem holprigen Englisch.

Völlig gerührt konnte Vicky die Tränen kaum zurückhalten.
Danke, es geht ihr ein wenig besser, als ich zunächst gedacht hatte.

Möchten Sie noch etwas Warmes im Restaurant essen, oder kann ich Ihnen etwas anderes bringen?

Danke das reicht völlig aus, ich möchte auch bald schlafen gehen.

Nachdem der Kellner gegangen war, läutete das Telefon und die Rezeption teilte ihr mit, dass ein Anruf für sie und ihre Mutter am frühen Abend gekommen war. Vicky versprach nach dem Essen nach unten zu kommen und sich die Nummer abzuholen.

Aber zum entspannten Essen kam sie nicht.

Karin stand mit ihrem Mann vor der Tür und erkundigte sich nach Franziskas befinden.

Nach Vickys Beteuerung, dass es ihr schon ein wenig besser gehe, bestellte Karin auch im Namen von Anne liebe Grüße an die Patientin.

Karin verweilte nicht so lange bei Vicky, da sie noch packen wollte um am frühen Vormittag ohne Stress auschecken zu können.

Endlich alleine dachte Vicky, schob sich ein Sandwich in den Mund und eilte eine Etage nach unten zur Rezeption.

Hier erhielt sie eine kleine Notiz mit einer Handynummer.

Mit ihrem Handy bewaffnet ging sie langsam die Stufen zum Sonnendeck hinauf.

Sie ging langsam in Richtung Swimmingpool und lehnte sich über die Brüstung und blickte hinunter zur Kapitänsbrücke.

Nach einer Weile, die ihr wie Stunden vorkam, trat Ied nach draußen um eine Zigarette zu rauchen.

Als er nach oben blickte und Vicky erkannte, bat er sie zu sich herunter zu kommen. Das war ihr im Moment auch lieber, denn dort war kein Passagier anzutreffen und sie konnte ihm ohne Zuhörer von dem Unfall – oder besser Überfall auf ihre Mutter berichten.

Es hatte sich schon auf dem Schiff

herumgesprochen, was ihrer Mutter zugestoßen war.

Ied, kannst Du mir helfen, ich möchte morgen ganz, ganz früh von Bord gehen. Ich habe Zimmer für meine Mutter und mich im Flobater Hotel gebucht. Aber ich möchte nicht, dass es hier bekannt ist, dass wir noch in Luxor sind.

Sie erzählte ihm alles, was sie von ihrer Mutter gehört hatte. Angefangen von dem komischen Verhalten von „ Wolfgang", seinem komischen Telefonat, und Omars Namen, den er benutzen wollte. Von Omar und dem merkwürdigen Unfall ihrer Mutter.

Der junge Kapitän zog nachdenklich an seiner Zigarette.
Das klingt nicht sehr gut Victoria – sein Victoria klang sehr zärtlich und er sprach es mehr wie Victoriija aus.

Deine Mutter hat recht, wenn sie Angst hat. Wenn dieser Deutsche – wie heißt er noch mal? wirklich in kriminelle Geschäfte verwickelt ist, dann wird er es nicht dulden, dass ihm jemand das Geschäft zerstört. Außerdem wird er Angst haben, hier in Ägypten von der Polizei erwischt zu werden. Wenn er hier in ein Gefängnis muss, wird dass nicht sehr erholsam sein.

Und diese Anne – ist das diese blonde, ältere Frau die sich immer so ordinär anzieht??
Mit Minirock und ganz kleinen engen Hemden ?

Ja, Vicky lachte leise, *ja das ist Anne!!*

Ied, legte zärtlich den Arm um ihre Schultern. *Ich bringe Dich morgen früh um 6.oo Uhr in das Hotel und regele alles an der Rezeption, gib mir bitte noch Deine Mobilnummer. Und dann werde ich mal sehen, ob ich nicht einen der Matrosen bitten kann, dass er morgen diesem „ Wolfgang" ein bisschen nachgeht.. Wir werden ja sehen ob er wirklich noch in Luxor bleibt.*

Aber jetzt ruf doch zuerst einmal diese Mobilnummer an, die man Dir an der Rezeption gegeben hat.

Trotz all der Aufregung konnte Vicky über ihren Kapitän ein klein wenig lächeln. Mobilnummer ! ihr war Handynummer als Begriff geläufig – aber mit Handy konnte in Ägypten niemand etwas anfangen. Daher also Mobilnummer von dem englischen mobile.

Sie probierte mehrere Male bis eine Verbindung zustande kam.
Es war Omar! Er hatte sich schon Gedanken gemacht, da Franziska nicht an ihr Telefon ging und sich auch nicht gemeldet hatte.
Vicky versuchte möglichst kurz und in richtiger Reihenfolge die Ereignisse des Tages zu schildern.
Omar war sehr besorgt und versprach sich noch heute Abend um ein Zugticket für den nächsten Tag von Kairo nach Luxor zu kümmern.

Ich bin erst heute Nachmittag angekommen, ich hatte den Lufthansaflug, da Egypt-Air ausgebucht war.

Aber ich werde morgen Abend mit dem Nachtzug fahren, d.h. ich bin übermorgen früh so gegen 09.00 Uhr in Luxor.
Ich komme am besten zu Dir ins Hotel. Versprich mir, dass Du bis dahin nicht viel in Luxor herumläufst. Halte Dich am besten im Hotel auf oder höchstens noch im Krankenhaus bei Deiner Mutter.

Widerstrebend versprach Vicky, sich nach Möglichkeit nur zwischen Krankenhaus und Hotel zu bewegen.

Ied hatte in der Zeit des Telefonats mit seinem Kollegen gesprochen und diesen überredet, noch einige Tage länger als seine übliche 6 Wochen-Schicht zu arbeiten.
Damit konnte Ied eine paar Tage freinehmen, denn er wollte sich nicht so schnell von Vicky trennen und sie auch nicht alleine in Luxor mit der kranken Mutter lassen.

Eigentlich hatte sich Vicky ihren letzten Abend an Bord ganz anders vorgestellt. Ihr Kapitän hatte im Restaurant angerufen und eine kleines Abendessen und Tee bestellt. Einer der jüngeren Matrosen eilte ganz dienstbeflissen aber verlegen grinsend mit einem hochbeladenen Tablett herbei.
Bisher hatten sie es noch nicht erlebt, dass ein Passagier dazu noch ein weiblicher Passagier das Abendessen mit einem der Kapitäne auf der Brücke einnahm.
Er stellte leicht verlegen die liebevoll angerichteten Teller auf den kleinen Tisch gleich neben der

Eingangstür und verzog sich dann betont langsam um möglichst viel von dem Gespräch aufzunehmen und seinen Kollegen zu erzählen.

Der Tee war heiß und richtig stark, Vicky die keinen Zucker genommen hatte, war sich nicht sicher wie sie dieses bittere Getränk möglichst elegant trinken sollte.

Aber nach einem Blick auf die Uhr, und die Tatsache, dass sie noch das ganze Gepäck zusammen suchen musste, ließ sie den Tee mit zwei großen Schlucken austrinken.

Sie versuchte möglichst ohne großes Aufsehen die rechte Treppe zum   Sonnendeck hinaufzuklettern. Und dann ungesehen in ihre Kabine zu kommen.

Aber im Dunklen konnte sie die Querstange am Ende der Metallleiter nicht erkennen und schlug sich recht schwungvoll den Kopf an.

Vielleicht haben die Frauen in meiner Familie heute nicht unbedingt die richtige   Vorsicht mit ihren Köpfen - dachte sie leise stöhnend

Die linke Hand an die Stirn gepresst eilte sie in ihre Kabine um die langsam anschwellende Stelle mit kaltem Wasser zu kühlen. Im Bad hielt sie ein Handtuch unter das kalte Wasser und kühlte die bestimmt bald wachsende Beule.

Sie kickte die Ballerinas von ihren Füßen und wollte sich gerade auf ihr Bett fallen lassen, als sie mit einem halben Blick auf das Kopfkissen etwas krabbeln sah.

Igitt, nein nicht auch noch lebende Tiere in der Kabine und besonders im Bett, dachte sie voll Ekel.

Entnervt warf sie das nasse Handtuch auf Franziskas Bett, und beeilte sich wieder in ihre Schuhe zu schlüpfen.

Mit spitzen Fingern, zupfte sie das Kissen ein wenig von der Stelle. Und dann verschlug es ihr den Atem:

Drei Skorpione saßen dort gemütlich vereint auf ihrer Matratze.

Wie konnte denn das auf einem Schiff nur passieren?
Konnten diese Biester denn schwimmen?
Nein – hier konnte sie nicht bleiben.
Und wie schnell die auf einmal unter die Bettdecke krabbeln konnten.
Voller Panik, rannte sie aus dem Zimmer, und eilte die Treppe hinauf zum Sonnendeck.
Wie blöde doch so ein Schiff gebaut war, erst musste sie die Treppen hinauf zum Sonnendeck um dann wieder eine Leiter hinab zu klettern um zu ihrem Kapitän zu gelangen.

Ihr Herz raste, als Sie endlich die Treppe mit nur einem Schuh hinab stieg. Auf dem Weg nach oben hatte sie den anderen Schuh verloren, Aber das fiel ihr erst auf, als sie zitternd vor ihrem Kapitän stand.
Ihre Worte überschlugen sich, und Ied konnte zunächst gar nicht verstehen, was denn passiert war.

Auf meinem Bett sitzen drei Skorpione!!! brachte sie endlich aufgeregt heraus.

Skorpione – in Eurer Kabine ?
Wie sollen die denn dorthin kommen?

Bist Du ganz sicher, dass es Skorpione sind?

Ja, ganz dunkelbraune – die sind ungefähr 10 cm lang!!!
Oh mein Gott – sind die giftig und wenn ja wie sehr?? Victoria war völlig aufgelöst.

Ied behielt die Ruhe, zunächst weckte er seinen Kollegen der seinen Dienst für die nächste Stunde übernehmen sollte.
Auf einem Nil-Kreuzfahrt-Schiff, muss jederzeit ein Kapitän im Dienst sein. Selbst wenn das Schiff vor Anker liegt, kann es sein, dass es seine Liegeposition spontan verändern muss.

Dann ging er zu dem kleinen Einbauschrank in der Nähe der Tür. Hier verstauten die Kapitäne die wichtigsten Utensilien für lange Schichtzeiten: Tee und Zucker.
Er nahm die große Papp-Box mit Lipton-Tea und leerte die Tee-Beutel auf einem Teller aus.
Dann lächelte er sie an und meinte beruhigend:
Komm, ich schau mir mal Deine Haustiere an.

Langsam kletterte Victoria hinter ihm die Leiter nach oben, auf dem Sonnendeck angekommen, stellten sie fest, dass noch einige Passagiere mit einem Drink gemütlich an einzelnen Tischen saßen.

Ich gehe zu Deiner Kabine – und Du kommst in wenigen Minuten nach, bestimmte Ied.

Victoria nickte kurz und stellte sich angespannt an die Reling und blickte über den Nil hinweg auf das Westufer, das nun schon in völliger Dunkelheit lag und nur einzelne Lichter von verstreut liegenden Dörfern zu erkennen waren.

Langsam zählte sie bis 1oo und ging dann leicht fröstelnd mit nur einem Schuh zur Treppe um zu ihrer Kabine zu gelangen.

Kurz vor dem Treppenabgang hatte jemand ihren Schuh auf die Aufbewahrungsbox der Handtücher gestellt.

Nach einem heftigen ausklopfen des Schuhs – man konnte ja nie wissen was hier noch alles krabbelte, zog sie eilig ihren Schuh an und bemühte sich mit normalem Schritt die Treppe hinunter zu gehen.

Im Gang vor ihrer Kabine stand ihr Kapitän und interessierte sich sehr für den ausgehängten Speiseplan des Restaurants.

Als er Vicky bemerkte, bat er sie um den Kabinenschlüssel und ging schnell in die Kabine hinein.

Nun stand Vicky im Gang vor dem Restaurant und musterte ebenfalls den Speiseplan und die allgemeinen Informationen für die Passagiere.

Die Zeit schien stehengeblieben zu sein, aber nach einer gefühlten Dauer von mindestens einer Stunde kam Ied sich nach allen Seiten umschauend nickend auf Vicky zu.

Es waren vier Skorpione! Aber jetzt sitzen sie gemütlich in der Tea-Box.

Du kommst jetzt am besten mit zu mir, und dann

überlegen wir wann ich Dich von Bord bringen werde.

Vicky hatte in diesen wenigen Minuten jegliche Sonnenbräune verloren und stapfte blass hinter ihm wieder hinauf auf das Sonnendeck. Hier nahm sie an einem der kleinen Tische Platz.
Wenn alle Gäste gegangen sind, kommst Du zu mir herunter, bat er sie.
Vicky saß unsicher und ängstlich in der Nähe der kleinen Bar, als plötzlich Anne auf sie zukam.

Vicky, Liebes wie geht es denn Deiner Mutter? Wir waren alle sehr erschrocken als wir von ihrem Unfall gehört haben.
Kann sie sich denn erinnern wie es zu diesem Sturz kam?

Victoria blickte überrascht auf, „ auch diese Nervensäge noch, die hatte ihr gerade noch gefehlt."
Anne hatte ihr gegenüber wie selbstverständlich Platz genommen.
Jetzt musste sie vorsichtig sein, und sich lieber alles dreimal überlegen was sie sagte…

Es geht ihr noch nicht sehr gut. Sie hat starke Schmerzen und es war kein leichter Eingriff die Schädelverletzung zu behandeln.
Sie schläft recht viel. Und es ist ständig eine Schwester bei ihr am Bett.
Zu dem Sturz selbst kann sie gar nichts sagen. Aber ich denke, dass Problem lag an der Hitze in diesem Grab und der schlechten Luft. Sie hat doch große

Probleme mit dem Asthma und der Arzt vermutet auch, dass ihr durch die Hitze verbunden mit dem Luftmangel schwindlig wurde und sie mit dem Kopf auf einen Stein aufschlug.

Es kann natürlich aber auch sein, dass ihr irgendein gerissener Taschendieb die Handtasche entreißen wollte und sie bei einem Gerangel um die Tasche gestürzt ist.

Auf jeden Fall lasse ich sie so schnell nicht wieder nach Ägypten fahren. Der bayerische Wald tut es auch.

Anne wurde von Minute zu Minute ruhiger. Mit einem aufmunternden Lächeln strich sie sich die Haare hinter die Ohren und meinte:
Das ist vielleicht auch das Beste – so als Frau alleine in einem solchen Land, da ist man doch nie ganz sicher.

Bei dieser Bewegung fiel es Vicky auf: Anne trug nur einen Ohrring!
Der zweite lag in der Schublade des Nachttisches ihrer Mutter im Krankenhaus. Jetzt wollte Vicky Anne nur noch loswerden.

Entschuldige Anne, aber das war ein langer aufregender Tag für mich, und ich glaube ich muss jetzt zu Bett gehen. Ich werde morgen am Nachmittag abgeholt und zum Flughafen gebracht und ich sollte vorher noch alles packen und dann noch einmal ins Krankenhaus fahren.

Victoria erhob sich langsam und auch Anne stand auf und umarmte Vicky überschwänglich: *Grüß Deine Mama ganz lieb von mir, ihr könnt Euch doch mal melden wenn Ihr wieder zu Hause seid. Es wäre doch schön noch einmal voneinander zu hören.*
Mit diesen letzten Worten nickte Anne ihr noch einmal zu und rief schon fast auf der Treppe stehend: *Jetzt trinke ich noch einen kleinen Abschiedscocktail in der Bar* !

Nachdem sich Vicky davon überzeugt hatte, das nun wirklich niemand mehr auf dem Sonnendeck war, eilte sie die Leiter hinunter zur Kapitänsbrücke.

Ied lächelte ihr schon entgegen und berichtete ihr:
Ich hoffe es ist Dir recht, ich habe Deine Sachen alle packen lassen. Es kann sein, dass die Kleidung Deiner Mutter und Dir nun in den falschen Koffern liegt, aber einer der Hausboys hat alles zusammengepackt.
Wir warten noch ein wenig und dann bringe ich Dich in das Hotel, ich habe angerufen und Du kannst auch mitten in der Nacht noch einchecken.
Ich glaube es ist sicherer für Dich wenn Du nicht mehr an Bord bist.

Was hast Du denn mit den Skorpionen gemacht? fragte sie neugierig und zugleich ängstlich, dass diese noch hier herumstehen würden.

Keine Angst die schlafen jetzt in der Tea-Box und morgen werde ich sie an Land wieder aussetzen, meinte er beruhigend.

Ich hatte eine andere Idee.
Wie wäre es, wenn derjenige der mir diese netten Tierchen wahrscheinlich ins Bett gelegt hat, selbst gestochen werden würde?

Dachtest Du an diesen Wolfgang? fragte er leise.
Ja aber ich dachte auch Anne – Du weißt doch diese blonde Deutsche mit den kurzen Röcken, die sich bei der Schiffsführung unbedingt mit Dir fotografieren lassen musste.

Bist Du sicher,? Victoria erzählte ihm noch einmal ausführlich die Sache mit dem Ohrring und die merkwürdigen Zusammentreffen der beiden bei den verschiedenen Ausflügen.
Gut, aber dann überlässt Du mir das bitte.
Ich werde dafür sorgen, dass die letzte Nacht von diesem Wolfgang an Bord nicht langweilig wird.
Aber Deine Anne wohnt doch mit ihrem Mann diesem Italiener zusammen in einer Kabine hast Du erzählt – da kann man keinen Skorpion aussetzen. Sonst erschrecken wir noch den falschen.

Victoria wurde nachdenklich.
Ich habe überlegt ob das nicht zu gefährlich ist, aber der hat doch versucht meine Mutter umzubringen im Tal der Könige und dann zur Sicherheit hat er auch noch Skorpione in unserer Kabine ausgesetzt.
Ich denke ich habe kein schlechtes Gewissen dabei.
Aber wie erfahren wir denn die Kabinennummer von ihm und woher bekommen wir einen

Generalschlüssel.

Das ist mein Problem.

Du wartest jetzt hier bis ich wiederkomme und dann bringe ich Dich von Bord. Mit diesen Worten stellte er an dem alten Fernsehapparat der gegenüber dem kleinen Tisch nahe der Eingangstür auf einem Einbauschrank stand ein deutsches Fernsehprogramm ein.
So jetzt bist Du abgelenkt!

Ied nickte ihr noch einmal kurz zu und kletterte in seiner schwarzen Galabiya die Treppe hinauf.
Im Nebenraum saß der andere Kapitän und hörte leise Musik und rauchte in Ruhe eine Zigarette.

Das war wirklich ein trauriger und schrecklicher Abend zugleich.
Den letzten Abend ihres Urlaubs hatte sich Victoria wirklich anders vorgestellt. Sie dachte dabei an einen gemütlichen Abend in der Bar des Schiffes und vielleicht noch ein paar Minuten auf dem Sonnendeck um die Sterne in dieser traumhaft schönen Landschaft ringsum zu genießen.

War sie ein klein wenig verliebt in den Kapitän, oder war es nur die Urlaubsstimmung, die ganze Atmosphäre auf diesem Schiff?
Die unterschiedlichsten Gedanken gingen ihr durch den Kopf.
Wie ging es ihrer Mutter – und was sollte dieser Überfall auf sie bezwecken? Sollte sie nur in ihre

Schranken gewiesen werden, oder wollte man sie tatsächlich umbringen?

In diesem Moment kam der andere Kapitän aus seinem Nebenraum zu Victoria.
Hat Ihnen Ihr Urlaub in Ägypten gefallen, fragte er in gebrochenem Englisch.

Was sollte sie denn darauf antworten.

Ja, es war wunderschön – schade nur, dass ich so schnell schon wieder nach Hause fliegen muss. Aber nächstes Jahr komme ich bestimmt wieder. Ich möchte mehr von Ägypten sehen, und außerdem ein paar Tage noch einen Badeurlaub dranhängen.

Er lächelte sie schüchtern an: *Und wie gefällt Ihnen mein Freund? Er hat sich in Sie verliebt, und redet den ganzen Tag nur von Ihnen.*

Vicky schaute etwas verzweifelt auf ihr Gegenüber: *Ich denke wir brauchen etwas mehr Zeit um uns darüber klar zu werden. Aber Ied hat ja jetzt mehrere Tage frei und wir werden auf jeden Fall auch wenn ich wieder in Deutschland bin in Kontakt bleiben. Und wer weiß, vielleicht bin ich ja nächstes Jahr um diese Zeit wieder auf dem Schiff.*

Als hätte Ied es gespürt, kam er in diesem Moment die Leiter herunter geklettert.
Entschuldige bitte, ich hatte noch etwas zu erledigen, aber jetzt können wir gehen.

Victoria verabschiedete sich von seinem Kollegen und kletterte zum wiederholten Mal an diesem Abend die Leiter wieder hinauf.

Dieses Mal konnte sie direkt nach unten zur Rezeption gehen, wo ihre Koffer schon standen. Sie zahlte noch schnell die Rechnung für die Getränke, die sie mit ihrer Mutter im Laufe der Woche getrunken hatte und verließ dann das Schiff.

Einer der Matrosen trug ihr die Koffer nach oben auf die Straße.

Ied kam einige Minuten später nach.

Oben angekommen winkte er eine vorbeikommende Taxe herbei und sie fuhren durch das nächtliche Luxor in das Hotel.

Dort hatte man sie schon erwartet und ihr Gepäck wurde gleich nach oben gebracht.

Sie nahmen in der Hotel-Lobby noch einen Tee und konnten nun in Ruhe den Abend Revue passieren lassen.

Vicky brannten einige Fragen auf der Seele:

Bist Du ohne Probleme in die Kabine gekommen.

Ja, lächelte er – *nun liegen die kleinen Skorpione wieder unter einem Kopfkissen, aber dieses Mal ist es nicht Deines.*

Ich habe diesen Wolfgang und die blonde Frau zusammen in der Bar gesehen. Sie haben ganz begeistert getanzt und ich hatte genug Zeit die Tiere in ihr neues zu Hause zu bringen.

Jetzt bin ich mal gespannt, wann er schreiend und jammernd durch das Schiff läuft.

Ich muss noch mal zurück gehen, und ein paar Sachen holen, dann werde ich morgen früh zu meinem Bruder gehen. Er wohnt hier in Luxor und ich kann ein paar Tage bei ihm wohnen.
Wann gehst Du denn ins Krankenhaus??

Vicky schaute etwas ratlos auf die Uhr, *ich denke so gegen 10:00 Uhr werde ich mir ein Taxi nehmen. Dort werde ich hoffentlich den Bekannten meiner Mutter treffen und dann werde ich auch vielleicht schon wissen, wann meine Mutter das Krankenhaus verlassen darf.*
Ich habe ja Deine Hand... Mobilenummer und werde mich sofort bei Dir melden, wenn ich wieder im Hotel bin.
Ied umarmte sie kurz und ging dann mit schnellen Schritten in Richtung Eingangstür.
Vicky ließ sich den Zimmerschlüssel geben und eilte zum Aufzug. Nur noch duschen und schlafen war alles was sie denken konnte.

Ied kam nach einer halben Stunde müde und innerlich sehr aufgewühlt auf seinem Schiff an.
Er betrat gerade die Lobby als er den Schiffsarzt mit seiner Tasche die Treppe herunterkommen sah.

Der Mitarbeiter an der Rezeption bat ihn einen Moment zu einem Gespräch in seine Büronische herein.
Stell Dir vor Ied, da hat doch einer dieser verrückten

Passagiere sich ein paar Skorpione irgendwo hier gekauft und in seiner Kabine versteckt. Heute Abend müssen die irgendwie entwischt sein und haben ihn und seine „nächtliche" Besucherin erwischt.
Das peinliche ist daran, diese Besucherin ist mit ihrem Mann oder Freund hier in einer anderen Kabine untergebracht.

Und war der Arzt bei Ihnen?, ich habe Dr. el Wardani hier in der Lobby gerade gesehen.

Ja, nur konnte er bei ihm leider nichts mehr machen, er ist erstickt, er muss eine Atemlähmung bekommen haben.
Und sie – Du hast doch sicher diese ältere blonde Deutsche gesehen, die immer in ganz kurzen Röcken und weit ausgeschnittenen Blusen herumgelaufen ist- sie ist von Kopf bis Fuß gelähmt. Und Dr. el Wardani sagt, dass diese Lähmung entweder in den ersten 24 Stunden zurückgeht oder für immer bleiben wird.
Der Manager ist fast verrückt geworden, als diese Passagierin ins Krankenhaus gebracht wurde, und er dem Freund, diesem Italiener sagen musste, dass sie in der Kabine dieses Deutschen war.
Der Mann konnte noch aus der Kabine laufen und ist dann vor seiner Tür zusammengebrochen.

Von den anderen Passagieren hat das zunächst keiner mitbekommen. Als der Krankenwagen kam und sie abholte fragten einige Gäste was denn passiert sei, und wir sagten ihnen, dass es eine kleine Kreislaufgeschichte sei.
Er liegt noch immer in der Kabine und die

Touristenpolizei ist jetzt dort. Sehr unangenehm, ich hoffe wir können morgen Nachmittag planmäßig nach Esna starten.

Kaum bin ich mal für ein paar Stunden nicht an Bord, passieren hier ungeheure Dinge. Ich werde mal den Manager aufsuchen und fragen ob ich in diesem Fall trotzdem meine Woche Urlaub antreten kann.

Ied war zwar müde, stieg aber doch die Treppen hinunter zur Kabine des Managers. Dessen Tür war nur angelehnt, und er klopfte nur kurz an

Ach Du bist es, begrüßte ihn dieser erschöpft.
Hast Du schon gehört, was dieser Esel in Kabine 117 vollbracht hat? Kauft sich dieser Idiot ein paar Skorpione und wollte sie garantiert illegal mit nach Hause nehmen. Und dann hat er die wahrscheinlich in einem Schuhkarton aufgehoben.
Und um anzugeben, hat er dieser blonden Deutschen die Skorpione gezeigt. Wahrscheinlich wollte er mit ihre noch die Nacht verbringen und suchte einen Grund um sie in seine Kabine zu bekommen.
Nur hat er bestimmt keine Ahnung wie gefährlich diese Sorte sein kann.
Na ja, jetzt haben wir den Ärger hier an Bord.
Die Touristenpolizei ist noch in der Kabine, und die wollen ihn
wenn alle Passagiere tief schlafen, schnell von Bord bringen lassen.
Ich habe schon mit der Kriminalpolizei hier in Luxor telefoniert,   wir   können   morgen   Nachmittag

planmäßig auslaufen, aber die Kabine muss noch desinfiziert werden und das ganze Schiff muss noch nach Skorpionen und anderen Tieren untersucht werden.

Diese verrückten Touristen !!

Die Polizei wird die Familie über das Konsulat informieren, und er fliegt morgen Nachmittag schon mit Lufthansa nach Deutschland zurück.

Sie liegt im internationalen Krankenhaus und ist jetzt schon der zweite Passagier von dieser Reisegruppe.

Nur gut, dass der erste Unfall bei einem Ausflug passiert ist und nicht auch noch an Bord.

Du kannst natürlich Deinen Urlaub nehmen, Nabil ist ja morgen wieder im Dienst und Adel vertritt Dich ja für diese Woche.

Schläfst du jetzt noch ein paar Stunden oder gehst Du lieber gleich zu Deinem Bruder?

Ied musste diese ganzen Neuigkeiten erst mal verdauen.

Ich werde noch ein paar Stunden schlafen und morgen oder besser in genau 4 Stunden an Land gehen.

Sollte irgendetwas sein, Du hast ja meine Mobile Nummer.

Nach diesem informativen Gespräch beeilte er sich auf die Brücke zu kommen und dort in einem der beiden Nebenräumen für ein paar Stunden zur Ruhe zu kommen.

Trotz aller Probleme hatte Vicky wunderbar geschlafen. Es war kurz nach acht Uhr als sie langsam wach wurde und sich noch etwas verschlafen auf den Balkon in die schon warme Morgensonne stellte.

Ob „Wolfgang" die Nacht mit oder ohne Schmerzen verbracht hatte, beschäftigte sie mehr als sie dachte.

So ein Skorpion-Stich war bestimmt sehr schmerzhaft und bestimmt auch nicht ungefährlich.

Sie war gespannt ob Ied etwas über die Nacht auf dem Schiff berichten konnte.

Noch etwas verschlafen stand sie schließlich unter der Dusche und genoss es, ein schönes großzügiges Badezimmer für sich alleine zu haben.

Danach hatte sie das Problem in beiden Koffern nach ihren neuen Jeans und der weißen Bluse mit kurzem Arm zu suchen.

Die Ballerinas von gestern passten auch zu den Jeans und sie musste nicht auch noch nach den Schuhen suchen.

Der Aufzug fuhr für ihre Vorstellung viel zu langsam, denn sie hatte einen riesengroßen Hunger. Letzte Nacht hatte sie vergessen sich noch eine Flasche Wasser geben zu lassen und jetzt war auch der Durst groß.

Im Speisesaal waren die meisten Tische schon besetzt. Unglücklicherweise war nur ein kleiner Tisch inmitten des Raumes neben einer breiten Säule frei.

Dafür war aber das Büffet sehr reichhaltig. Und sie frühstückte ausgiebig wie schon seit langer Zeit nicht mehr.

Nach der zweiten Tasse Tee kehrten alle Lebensgeister wieder und sie beeilte sich um schnellstens ins Krankenhaus zu ihrer Mutter zu kommen.

Der Hotelboy war ihr behilflich und rief eine Taxe, da in dieser Seitenstraße kein großer Durchgangsverkehr herrschte.

Die Fahrt dauerte durch den morgendlichen Verkehr mit einigen Reisebussen vor ihnen deutlich länger als am Vortag. Aber schließlich bog der Fahrer schwungvoll in die Einfahrt des Krankenhauses ein.

Am Empfang wurde sie schon stutzig als sie zwei Beamte der Touristenpolizei bemerkte die sich nach einem Patienten erkundigten.

Doch sie eilte weiter zum Aufzug, der wie auch schon gestern sehr lange brauchte um die Tür zu öffnen.

Vor der Zimmertür Ihrer Mutter standen zwei weitere Polizisten und fragten sie in gebrochenem Englisch nach ihrem Namen.

Gott sei Dank hatte sie ihren Pass einstecken und darauf hin ließ man sie anstandslos eintreten.

Franziska lag noch immer sehr blass im Bett und hatte gerade begonnen zu frühstücken.

Hallo wie geht es Dir denn heute Morgen ?, fragte Victoria unwillkürlich leise als sie an das Bett trat

161

um ihre Mutter zu begrüßen.

Na ja, ich denke ein wenig besser, die Nacht war ein wenig unruhig auf der Station. Da war ein Kommen und Gehen und ich konnte nicht lange durchschlafen. Aber die Schmerzen sind etwas zurückgegangen.
Hast Du das Gepäck schon ins Hotel gebracht? Und vor allen Dingen: Hast Du Omar erreicht?

Langsam bitte, Eins nach dem Anderen. Ja ich bin gestern Abend noch spät von Bord gegangen und ins Hotel gezogen.
Die haben übrigens ganz tolle Matratzen! Ich habe wenig aber gaaanz tief geschlafen.
Und Omar sollte heute Früh hier in Luxor eintreffen, er kommt mit dem Nachtzug also müsste er bald hier eintreffen.

Was sagen denn die Ärzte zu Deinem Kopf?

Nun ja, die meinen ich sollte noch 1-2 Tage hierbleiben um sicherzugehen, dass ich die Kopfverletzung relativ gut überstanden habe.
Aber sag mir lieber, ob Du einen kleinen Handspiegel und etwas Wimperntusche einstecken hast und evtl. noch einen braunen Kajalstift? Ich möchte nicht so ungeschminkt und mit teilweise rasiertem Schädel im Bett liegen wenn ich Omar wieder treffe.

Doch das war schon zu spät – in diesem Augenblick klopfte es an der Zimmertür und auf ein leises „ min „ von Franziska antwortete es von draußen „ Omar

„ und sie rief schon etwas lauter „ et fadal „. Victoria schaute verwundert von Franziska zur Tür und von Omar wieder zu Franziska in ihrem Bett.

Mit schnellen Schritten war er bei Franziska am Bett angekommen, ein kurzes „hi" zu Vicky hin, und schon wandte er sich wieder Franziska zu.
Wie geht es Dir denn Franziska? Du siehst ganz blass und krank aus. Sein Gesicht drückte Besorgnis und Angst aus.

Es geht schon viel besser, nur habe ich eine kahle Stelle am Kopf und wenn der Verband abgenommen wird, kann ich wochenlang nur mit einem Kopftuch herumlaufen.
Aber vielleicht kann ich morgen schon das Krankenhaus verlassen.

Als ich vor einer guten halben Stunde ins Krankenhaus kam, wollten mich die Schwestern erst zu einer anderen deutschen Patientin schicken. Sie waren sehr besorgt und haben mich gleich gefragt ob ich der Ehemann sei, denn ihr Zustand sei besorgniserregend und nur engste Familienangehörige könnten sie auf der Intensivstation besuchen. Ich habe einen Riesenschreck bekommen und gleich gesagt, dass ich der Ehemann bin. Dann haben sie mir einen Operationskittel gegeben und solche Plastiküberschuhe und auf die Intensivstation geführt, und dann wie peinlich – liegt da eine völlig fremde Frau im Bett. Schon etwas älter, blond und die ärmste ist von Kopf bis Fuß gelähmt und wird

künstlich beatmet.
Ich war total erleichtert, dass Du das nicht warst-
aber die Schwester schaute mich schon merkwürdig
an.
Aber die haben auch ungeschickter Weise nur
gefragt, ob ich die deutsche Touristin besuchen
wolle?
Ich konnte ja nicht wissen, dass halb Deutschland
hier im Krankenhaus liegt.

Und stell' Dir vor, sie wurde von einem Skorpion
gestochen.
Aber das muss leider ein richtig giftiges Exemplar
gewesen sein,
ich glaube diese Frau hat richtig Pech gehabt.

Victoria blickte leicht panisch zu Omar.
Sie atmete mehrmals tief durch und fragte Omar wie
seine Anreise von Kairo verlaufen sei.

Omar berichtete in wenigen Worten von der langen
Zugfahrt und Vicky versprach für alle einen Tee und
ein paar Kekse besorgen zu gehen, damit ihre Mutter
mit Omar einige Augenblicke alleine hatte.

Kaum hatte sie das Zimmer verlassen, lehnte sie sich
hektisch ein-und ausatmend an die nächste Wand.
Das konnte doch kein Zufall sein, eine ältere blonde,
deutsche Frau wurde von einem Skorpion gestochen.
Hatte Ied doch aus Versehen die falsche Kabine
erwischt. Um Himmels willen. Und das alles hatte er
für sie getan!!!

Aber sie wollte ihn auf keinen Fall jetzt anrufen und fragen was passiert sei. Er würde sich bestimmt im Laufe des Tages bei ihr melden.

Sie verließ das Krankenhaus und konnte wenige Meter von der Krankenhauseinfahrt an einem kleinen Büdchen Kekse, Chips und Tee besorgen. Der ältere Besitzer lieh ihr sogar ein Tablett, damit sie den Tee besser transportieren konnte.
Vorsichtig ging sie mit langsamen Schritten wieder ins Krankenhaus zurück und hoffte dass es nicht so schlimm um diese Frau stand.

Als sie die wenigen Treppen zum Eingang hinauf stieg, öffnete ihr ein übernächtigt aussehender „Vincenzo" die Tür.
Guten Morgen Vicky, bist Du auf dem Weg zu Deiner Mutter – wie geht es ihr denn?

Überrascht begrüßte Vicky den Lebenspartner von „Anne „ *wo kommst Du denn her?*
Ich dachte ihr seid schon auf dem Rückflug.

Vincenzo schüttelte traurig den Kopf. *Hast Du das nicht mehr mitbekommen? Gestern Abend oder besser gestern Nacht wurde Anne auf dem Schiff von einem Skorpion gestochen.*
Nach dem Abendessen saß sie noch ein wenig in der Bar und hat mit anderen Leuten aus unserer Gruppe noch ein wenig gefeiert.
Da war doch noch dieser seltsame Deutsche, der immer mit großer Fotoausrüstung auf alle Ausflüge gefahren ist, auf jeden Fall hatte dieser Idiot sich ein

165

paar Skorpione gekauft und wollte sie heimlich mit nach Hause nehmen. Ich denke, er wollte sie Anne zeigen und sie war so naiv und ging mit ihm in seine Kabine. Dort wurde sie dann gestochen, mit dem Ergebnis, dass sie jetzt hier auf der Intensivstation liegt und keiner weiß ob sie je wieder völlig gesund wird.

Oh je Vincenzo, wie konnte sie nur so unvorsichtig sein.
Zu ihrer eigenen Überraschung ging ihr diese Feststellung ganz leicht über die Lippen.
Warum hat denn dieser Typ dann keinen Arzt gerufen?

Ja, das frage ich mich auch, auf jeden Fall wurde auch er verletzt, und er muss mehr von diesem Gift abbekommen haben.
Er konnte sich noch in den Gang vor der Kabine schleppen, ist aber an einer Atemlähmung oder so ähnlich noch im Gang gestorben.

Gott sei Dank, hatte Ied also doch die richtige Kabine erwischt!
Es konnte ja auch keiner ahnen, dass er noch Damenbesuch mit in seine Kabine nehmen würde. Der angeblich so brave Ehemann.

Sie standen unterdessen am Aufzug und wussten beide nicht so recht, was sie noch sagen sollten.

Also bleibst Du noch einige Tage hier?   fragte Victoria.

Ich werde später mit dem Arzt sprechen, sicherlich kann ich noch ein paar Tage bleiben, aber dann muss ich zurück nach Italien. Dort habe ich auch noch Verpflichtungen.
Nun ist nur noch die Frage, ob Anne transportfähig sein wird, dass man sie nach Deutschland fliegen kann.
Aber wenn sich langfristig keine Besserung ergeben wird, muss ich mir Gedanken machen, wo sie am besten untergebracht wird.
Es ist auch nicht klar, was mit unserer Tochter passieren soll.
Sie kann doch nicht alleine in München leben, sie hat doch noch nicht mal eine Berufsausbildung.

Ich wünsche Euch alles Gute, sagte Vicky kleinlaut und stieg in der 3. Etage aus.

Jetzt war der Tee schon nicht mehr heiß. Einer der beiden Polizisten öffnete ihr vorsichtig die Tür und Vicky trat zu Omar, der neben Franziskas Bett Platz genommen hatte.

Wenn Du mir den Tee abnimmst, habe ich überraschende Neuigkeiten für Euch:

Wolfgang ist tot – der wurde gestern Nacht in seiner Kabine durch einen Skorpion-Stich getötet. Und jetzt der Hammer:
Anne ist die deutsche Touristin, die hier auf der Intensivstation liegt.
Ich bin an der Eingangstür Vincenzo in die Arme

gelaufen, und er hat mir alles berichtet.
Anne muss diesen Wolfgang in seiner Kabine besucht
haben letzte Nacht. Vincenzo glaubt jedenfalls daran,
dass er ihr nur seine Skorpion-Schmuggelware
zeigen wollte und dabei ein Unfall passiert ist.

Ich denke eigentlich mehr, dass bei Anne ein wenig
Abenteuer aber keinesfalls zoologischer Natur
vorlag.
Aber egal was er wirklich denkt, jetzt kümmert er
sich um sie, und das finde ich total lieb. Denn
während der letzten Woche sind sich die beiden doch
meist aus dem Weg gegangen.

Franziska und Omar sahen sie mit großen Augen an.
Nach einigen Sekunden der Überraschung, beschloss
Omar sich möglichst noch am Vormittag mit seinen
früheren Kollegen der Kriminalpolizei in Verbindung
zu setzen.

Du bist doch sicherlich auch am Nachmittag noch
hier, wenn ich hoffentlich etwas Näheres über die
ganze Geschichte erfahren konnte. Entschuldigt mich
bitte, aber ich glaube ich kann vielleicht etwas Licht
in die ganze Angelegenheit bringen, wenn ich
zurückkomme.
Omar verabschiedete sich mit einem zärtlichen Kuss
von Franziska und einer schnellen Umarmung von
Victoria.

Als Omar draußen war, platzte Vicky mit den
Neuigkeiten heraus:

Ich glaube, da hat mein Kapitän etwas nachgeholfen mit den Skorpionen.

Wie – mit den Skorpionen??, fragte Franziska misstrauisch.

Als ich gestern am Abend in unsere Kabine kam, habe ich gleich meine Schuhe von mir gekickt und wollte mich aufs Bett fallen lassen, als ich aus dem Augenwinkel was krabbeln sah auf dem Bett. Da ich mich ja vor allem grusele was so krabbelt und huscht, habe ich vorsichtig das Kopfkissen zu Seite gezogen. Da saßen selig vereint 3 Skorpione auf der Matratze.
Vor lauter Panik habe ich nur noch meine Schuhe angezogen und bin rausgestürzt.
Ied hat sie dann später eingesammelt, es waren dann auch schon vier Tiere. Er hat sie in eine Papp-Box gesteckt und erst mal mitgenommen.

Ich glaube da wollte uns oder mich – du warst ja schon im Krankenhaus – jemand erschrecken oder verletzen oder mehr.
Da habe ich ihm alles erzählt und er hat dann um mich zu schützen die Tiere in Wolfgangs Kabine ausgesetzt.
Nur dieser Knabe hat dann noch Anne abgeschleppt, diese blöde Kuh, und jetzt sitzt ihr Vincenzo brav an ihrem Bett und bedauert die Arme, die ihn Stunden zuvor betrogen hat oder wenigstens wollte.
Wolfgang ist noch im Gang vor seiner Kabine gestorben.

Ich hoffe nur, dass Ied keine Probleme bekommt. Die glauben alle an Bord – so hat es Vincenzo kurz erwähnt – dass er die Skorpione gekauft hat und sie illegal mitnehmen wollte.
Ich müsste mich schuldig fühlen, aber ich habe nicht mal mit Anne Mitleid, irgendwie hat sie auch während der ganzen letzten Woche eine undurchsichtige Rolle gespielt.
Bin ich so gefühllos??
Etwas ratlos schaute Victoria zu Ihrer Mutter, die sich im Bett ein wenig aufgerichtet hatte.

Nein, Du musst kein schlechtes Gewissen haben. Der wollte mich eiskalt beseitigen und irgendwie hängt Anne mit in der Geschichte – denk doch an den Ohrring.
Und dann die Skorpione – von alleine sind die garantiert nicht an Bord gekommen. Der war eiskalt- ich glaube der hat seine krummen Geschäfte gut und lange geplant. Er war auch bestimmt nicht das erste Mal in Ägypten.
Und im Emilio-Hotel hier in Luxor hat er sich als Omar Khaled ein Zimmer reserviert. Das heißt doch er wollte Omar mit in die Sache ziehen, falls irgendetwas auffällt. Dann hätte die ägyptische Polizei nicht nach einem braven deutschen Polizeibeamten sondern gegen einen ägyptischen Kollegen ermittelt.
Ich erinnere mich noch an sein Getue bei dieser Grillparty.
Der liebt nur nordische Länder wegen der Temperatur .In warme Länder würde er nie reisen. Der hat doch eine richtige Geschichte um seine

Machenschaften aufgebaut.

Erschöpft ließ sie sich zurück in ihr Kissen fallen und griff nach dem Glas Wasser auf ihrem Nachttisch.
Vicky nahm sich danach auch einen Schluck und fragte beiläufig: *Warum stehen denn die beiden Polizisten vor Deiner Tür?*

Ich habe keine Ahnung, der Kriminalbeamte war gestern Abend noch hier und sagte mir, er werde zu meiner Sicherheit noch die Beamten hier lassen.

Nach einem kurzen Klopfen trat ein Arzt gefolgt von zwei Krankenschwestern ins Zimmer.
Wir würden gerne noch einmal abschließend eine Röntgenaufnahme von Ihrem Kopf und der Halswirbelsäule machen. Die Schwestern würden Sie dann gleich mitnehmen, wenn Sie sich von Ihrem Besuch kurz verabschieden könnten.
Der etwas dickliche Arzt, hatte sich auf einem kleinen Notizzettel die deutschen Begriffe für Röntgenaufnahme und Halswirbelsäule notiert und ganz langsam ausgesprochen.

Vicky erhob sich sofort – *gut wenn es geht komme ich am Nachmittag noch einmal vorbei. Ich gehe dann jetzt eine Kleinigkeit essen und warte im Hotel auf Omar und eine Nachricht von Ied.*
Sie beugte sich leicht über Franziska und gab ihr einen leichten Kuss auf die Wange.

Machs gut bis später.....

Vor dem Krankenhaus musste sie nicht lange auf eine Taxe warten. Als sie Ihren Schlüssel an der Rezeption in Empfang nahm, kam Ied schon auf sie zu, er hatte schon eine Weile in der Lobby auf sie gewartet.
Guten Morgen Victoria, wie geht es Dir heute und vor allem wie geht es Deiner Mutter?

Danke, es geht ihr schon ein wenig besser.
Sie gingen gemeinsam zu einer entfernt liegenden Sitzgruppe und bestellten einen Tee.
Nachdem der Kellner sich entfernt hatte, konnte Vicky sich nicht mehr bremsen:
Aber sag mir um Gottes Willen, was war denn an Bord los? Ich habe im Krankenhaus den Mann oder Freund oder was auch immer er ist von Anne – der blonden älteren Deutschen getroffen.
Die war auch in der Kabine und nun liegt sie mit einer Lähmung von Kopf bis Fuß im Krankenhaus.
Und – Wolfgang – keine Ahnung wie der mit Familiennamen heißt – ist tot.
Gab es Schwierigkeiten mit der Polizei? Fragte sie nun deutlich leiser und unsicher.

Nein ich habe gestern Abend noch mit dem Schiffsarzt und dem Manager gesprochen. Alle glauben, dass er diese Skorpione unvorsichtiger Weise gekauft hat und sie aus einer kleinen Schachtel, die auf einem Sideboard in der Kabine stand, herausgenommen hat um sie zu zeigen.
Im Übrigen hatte er noch einen netten Abend mit dieser Touristin vorher. Beide waren noch nicht

wieder ganz angezogen als man sie fand.
Er lag vor seiner Kabine in einer Jogginghose und sie war noch gar nicht wieder angezogen.
Das war nicht sehr angenehm für den Schiffsarzt es dem Freund oder Mann von ihr mitzuteilen.

Ich hatte schreckliche Angst um Dich, als ich von Vincenzo alles gehört hatte.

Das musst du nicht, ich kam zurück an Bord als schon Polizei und Krankenwagen dort waren.
Es war ein Unfall für die beiden – sie waren einfach ungeschickt.
Das wichtigste ist nur, dass Dir und Deiner Mutter nichts passiert ist.

Er ergriff Ihre Hand: *Ich könnte es nicht ertragen, wenn dir etwas passiert wäre.*
Es ist jetzt nicht der richtige Moment um dies zu sagen, aber ich würde Dich gerne wiedersehen, wenn dies alles hier erledigt ist.
Ich möchte Dich in Ruhe kennenlernen und hoffe, dass es Dir genau so geht.

Victoria sah ihn lange und zärtlich an: *Ich möchte Dich auch wiedersehen. Aber ich werde in den nächsten Tagen mit meiner Mutter erst einmal zusammen nach Frankfurt fliegen und dann kann ich einen Urlaub mit Dir zusammen planen. Ich muss nur wissen wann Du wieder deine freie Zeit hast. Ich denke es wird bei mir aber erst ab Januar wieder möglich sein Urlaub zu bekommen.*
Aber dann würde ich gerne drei Wochen bleiben und

Dich und Ägypten besser kennenlernen.

Könntest Du Dir eine gemeinsame Zukunft mit mir hier in Ägypten vorstellen?

Ich glaube ja, aber wir müssen uns ganz sicher sein und ich muss eine Arbeit haben, die mich auch den gleichen Lebensstandard wie in Deutschland halten lässt.

Würdest Du lieber hier in Luxor oder in der Gegend um Assuan oder direkt in Assuan leben?
Ich habe eine Wohnung in Kom - Ombo, aber das wird bestimmt nicht die richtige Umgebung für Dich sein. Du kommst aus der Großstadt und dass Du auf dem Land leben kannst, kann ich mir nicht vorstellen. Du wirst arbeitsmäßig sicherlich in Luxor oder Assuan besser etwas finden.

Ich könnte mir vorstellen hier in Luxor zu leben, aber das Problem mit einem Arbeitsplatz stelle ich mir nicht sehr leicht vor. Aber damit möchte ich mich heute nicht befassen. Komm, lass uns ein wenig spazieren gehen.
Oder, sag hast Du Lust ins Tal der Könige hinüber zu fahren??
Wann warst Du denn das letzte Mal dort?

Eine kleine Pause entstand – *wenn Du mir versprichst nicht zu lachen, antworte ich Dir:*
Ich war noch nie im Tal der Könige. Die Tempel in Luxor, Karnak, Kom - Ombo, und Philae habe ich besucht. Und als Kind war ich mehrmals auf der

Kitchener-Insel.
Aber im Tal war ich noch nie, ich habe auch noch nie die Pyramiden aus der Nähe gesehen. Als Kind waren wir mit der Schule in Kairo im großen ägyptischen Museum aber zu den Pyramiden habe ich es noch nicht geschafft.
Kairo ist mir einfach zu hektisch und zu groß.
Ich liebe die Stille auf dem Nil und fahre auch am liebsten nachts.

Aber mit Dir würde ich auch das Tal besuchen.
Komm, wir nehmen uns eine Taxe.

Victoria eilte nur noch in ihr Zimmer um feste Schuhe und eine Jeans anzuziehen. Weil es im Tal garantiert sehr warm war, nahm sie lieber noch eine große Flasche Wasser mit und verstaute sie in ihrer braunen Umhängetasche.
Auf dem Weg zum Aufzug schickte sie Omar noch eine SMS und teilte ihm mit, dass sie den Nachmittag mit Ied im Tal der Könige verbringen wolle. Aber am frühen Abend noch einmal ins Krankenhaus fahren würde.

Ied saß wartend in der Lobby, und als er auf sie zukam, viel ihr erst jetzt auf, dass sie ihn zum ersten Mal in einer schwarzen Hose und schwarzem T-Shirt sah.
Auf dem Schiff mussten die Kapitäne immer Galabiya tragen.
Das war ein nicht uninteressanter Anblick.

Die Fahrt zum Tal der Könige führte sie ein gutes Stück aus Luxor hinaus. Weit außerhalb der Stadt war eine großzügig ausgebaute Brücke, die sie auf das andere Ufer nach West-Theben brachte.
Es war im Tal um mindestens 10 Grad wärmer als in Luxor und die meisten Touristen saßen schon in ihren Bussen auf dem Rückweg in ihre Hotels.
Die Warteschlange an den Kassen war überschaubar und schon nach wenigen Minuten konnten sie die Eintrittskarten lösen.
Vicky hatte zusätzlich noch das Grab Tut-Anch-Amuns mit gelöst, das sie schon nach wenigen Schritten erreichten.

Obwohl die Schönheit des Grabes und des Sarkophages sie stark beeindruckte, konnte sie doch das unangenehme Gefühl nicht loswerden, dass sie langsam beschlich. Vor noch nicht einmal drei Tagen, war ihre Mutter in einem Grab nicht weit von dieser Stelle hier überfallen worden. Ein eiskalter Schauer überlief sie und sie griff unwillkürlich nach Ieds Hand.
Seine Bewunderung für diese Grabstätte hielt sich sehr in Grenzen. Die Tempel und vielen Ausgrabungen begleiteten ihn seit seiner Kindheit. Er war zwar heute das erste Mal in einem Königsgrab, bewunderte auch die gut erhaltenen Inschriften und Zeichnungen, konnte aber nicht die gleiche Begeisterung aufbringen mit der Victoria diesen Ort bestaunte.

Außer dem weltbekannten Grab des sehr jung

verstorbenen Pharaos besuchten sie auch das Grab Nr. 17 – das Grab des Sethos oder auch das Grab, das ihre Mutter in schlechter Erinnerung behalten würde,

Als sie die vielen Treppen hinunter schritten wurde Victoria von einem seltsamen Gefühl der Zufriedenheit erfasst. Der Mann, der ihre Mutter überfallen hatte oder auch nur den Auftrag hierzu gab, hatte sein gerechtes Ende gefunden. Und auch Anne spielte irgendeine Rolle in diesem Spiel. Dafür lag sie jetzt im Krankenhaus und ob sie jemals wieder völlig gesunden würde, das stand in den Sternen.
Leider hatte Vicky in der Hektik der ganzen Ereignisse ihre Digital Kamera im Hotel vergessen und war nun ein wenig traurig keine Aufnahmen vom Tal machen zu können.

Aber das nächste Mal musst Du ganz viele Aufnahmen von mir hier im Tal machen, bat sie Ied, der ihr gerade ein kleines Heftchen mit Erklärungen und zahlreichen Fotos in der am Ausgang des Tales liegenden Basarstraße kaufte.

Eine kleine Erinnerung an diesen Nachmittag, mit einem Lächeln reichte er ihr den schmalen Bildband.

Es wurde schon dunkel als sie ein Taxi nach Luxor wieder bestiegen.
Ich würde gerne mit Dir noch eine Kleinigkeit Essen gehen, aber ich muss zuerst meine Mutter nochmals im Krankenhaus besuchen. Wenn Du also heute Abend noch nichts vorhast, dann würde ich Dich gerne anrufen, wenn ich wieder im Hotel bin.

Sie verschoben das Essen auf den späteren Abend und fuhren gleich beim Krankenhaus vorbei, wo Victoria den Wagen verließ und zu ihrer Mutter eilte.

Franziska saß erstaunlich munter in ihrem Bett, und hatte eine englische Zeitschrift auf den Knien liegen als Victoria das Zimmer betrat.
Hui, seit wann kannst Du denn so fließend Englisch, dass Du jetzt sogar Zeitschriften in Englisch liest? wunderte sich Vicky.

Ich sehe mir mit Begeisterung die gleichen Bilder immer wieder an, und kann ganz alleine und sehr flüssig die Überschriften lesen. Nein – Omar wollte mir etwas zum lesen besorgen fand aber nur englische Lektüre. Ich nehme an, er hat einfach meine Weltgewandtheit ein klein wenig überschätzt. Aber der gute Wille zählt doch wohl. Außerdem ist mir schrecklich langweilig.
Seit die Kopfschmerzen nachgelassen haben, kann ich ja wieder lesen.

Ich habe eine gute Nachricht: Morgen kann ich das Krankenhaus verlassen.

Eine Schwester betrat das Zimmer um Franziska noch ein Glas Tee zu bringen.
Franziska wollte unbedingt schnell die letzten Neuigkeiten erzählen, verlegte sich aber auf

neutralere Themen:

Und Du kannst dann, wenn Du möchtest Ende der Woche bestimmt einen Flug nach Hause bekommen.
Ich werde noch eine weitere Woche dranhängen und hoffe, dass mein Büro mitspielt. Wenn ich anrufe und ihnen die Bestätigung vom Krankenhaus zusende, haben sie vielleicht Mitleid mit mir.
Wobei ich wirklich denke, dass ich lieber noch ein paar Tage Ruhe haben möchte, bevor ich wieder in ein Flugzeug steige.
Aber das klären wir erst wenn ich wieder in Freiheit bin.

Endlich hatte die Schwester, nachdem sie das Kopfkissen noch ein wenig gerichtet hatte, das Zimmer verlassen.

Na endlich, ich muss doch unbedingt von Omars Erkundigungen berichten.

Nun, nachdem Omar das Krankenhaus verlassen hatte, ist er sofort in sein früheres Büro gefahren. Er meldete sich zunächst bei den ihm noch bekannten Kollegen und erfuhr so den üblichen Bürotratsch und jede Menge familiäre Neuigkeiten.
Dann kam sein früherer Chef auf ihn zu, er war ganz begeistert weil Omar ja sehr gut deutsch spricht und bat ihn um Mithilfe in den Ermittlungen bei einem Unglücksfall auf einem der Nilschiffe.
*Ja die haben die Kabine des lieben „ Wolfgang“ geräumt und dabei einige interessante **Kleinigkeiten** gefunden.*

Der „ Gute „ hat in seiner großen Fototasche immer wieder Souvenirs eingekauft. Leider waren die schon mehrere tausend Jahre alt und sind auf dem offiziellen Markt auch nicht erhältlich.

Der Kerl hatte doch tatsächlich, ein ca. 30 mal 40 cm großes Stück eines Wandreliefs aus dem Grab des Meneptah sorgfältig in Styropor verpackt im Schrank liegen.

In seiner Fototasche hatte er in solchen Posterrollen aus Pappe drei kleinere Papyri zwischen gekauften Postern von Lehnert & Landrock versteckt.

Von wem und was für Poster ?

Entschuldige, Lehnert & Landrock ist eine große internationale Buchhandlung mit Hauptsitz in Kairo. Die verkaufen unter anderem in einem Shop gegenüber des ägyptischen Museums Postkarten, DVD's, Poster, Bücher, Kalender und jede Menge andere kleine Souvenirs.

Ja und dann fanden sie noch Aufzeichnungen aus denen hervorgeht, dass er nicht zum ersten Mal in Ägypten weilte.

Der Knabe war in den letzten 5 Jahren jedes Jahr mindestens dreimal hier. Normalerweise hält er sich in Kairo auf, aber einige kurze Abstecher nach Oberägypten hat er hin und wieder auch unternommen.

Er hatte auch einen Mitarbeiter in Frankfurt beim Zoll, der ihm genau seinen Dienstplan mitgeteilt hat, bzw. seinen Dienst entsprechend getauscht hat. So war auch die Ankunft in Deutschland kein Problem.

Ja und nun der Hammer schlecht hin, ich sage nur
A N N E

*Von wegen wir haben uns erst hier auf dem Schiff
kennengelernt. Madame hatte schon seit einigen
Jahren ein etwas geschlampertes Verhältnis mit dem
treusorgenden Ehemann. Sie haben sich immer
regelmäßig in Kairo getroffen und gemeinsam ihre
nebenberuflichen Aktivitäten mit den emotionalen
Aktivitäten verbinden können.*
*Sie übernahm den Verkauf im bayerischen Raum,
bzw. man vermutet, dass die beiden konkrete
Aufträge zum Einkaufen hier hatten.*

*Ja ihre Verletzungen kann man daher auch als
Arbeitsunfall bezeichnen.*

*Und der liebe „ Wolfgang „ war sehr froh, als er
Omar zum Kollegen bekam, da konnte er sich überall
als halb ägyptisch halb deutschen Polizeibeamten
ausgeben, wenn es ihm zweckmäßig erschien.*

*So, und was hast Du dagegen für Neuigkeiten zu
bieten??*

*Da kann ich ganz schlecht mithalten – außer, dass
Deine liebe Tochter mit dem Gedanken spielt, ihren
Wohnort eventuell zu verlegen.*
*Aber das ist noch nicht ganz spruchreif – aber der
Gedanke existiert schon.*

Diese Neuigkeit war nun doch fast ebenbürtig.

Lerne ich meinen Schwiegersohn wenigstens noch kennen, bevor Du wieder nach Hause fliegst?

Ja ich denke schon, wenn Du morgen nach Hause – bzw. ins Hotel – entlassen wirst, können wir ja im Hotel zusammen zu Abend essen.

Franziska lag im Hotelbett und versuchte ein wenig zu schlafen, aber die Gedanken an die vergangene Woche ließen sie nicht los.
Bei genauer Beobachtung ihrer jüngsten Tochter stellte sie fest, dass auch Victoria eine sehr persönliche Auffassung von Gerechtigkeit bzw. Wiedergutmachung eines Unrechts hatte.

War das etwa erblich?

Dann hoffte Franziska nur, dass Vicky sich in Zukunft mehr unter Kontrolle haben würde als sie selbst es konnte.

Nachdem es mit dem Schlafen doch nicht klappen wollte, stand sie auf, duschte vorsichtig damit der Kopfverband nicht nass werden würde und zog sich um.
Vicky war nicht auf ihrem Zimmer und Franziska beschloss sich bewaffnet mit einem großen weißen Schal, den sie versuchte möglichst elegant um ihren verbundenen Kopf zu drapieren, auf der Dachterrasse

einen Platz auf einem der Liegestühle zu suchen. Sie nahm den Fotoapparat mit, denn von der Dachterrasse aus konnte man hinüber zum Hatschepsut-Tempel sehen. Am frühen Morgen stiegen auf der anderen Uferseite in der Nähe des Tals der Könige große Ballons auf. Aber so eine Fahrt in einem Ballon hatte sie noch nie gereizt, dafür hatte sie eine zu große Höhenangst.

Was sie in ihrem Zimmer vergeblich versucht hatte, funktionierte hier oben an der frischen Luft hervorragend. Schon nach wenigen Minuten war sie ganz tief eingeschlafen, hielt jedoch auch im Schlaf noch den Fotoapparat fest in der linken Hand.

Nur zögerlich erwachte sie als sich ein Schatten zwischen sie und die warme Sonne zwängte.

Omar hatte sich leicht über sie gebeugt und wollte sie gerade mit einem leichten Kuss auf die Stirn begrüßen.

Mit einem blinzeln öffnete sie die Augen, während er sich einen Korbstuhl zu ihrer Liege zog.

Wie wäre es mit einem Glas Mangosaft, fragte er die noch verschlafen wirkende Franziska.

Das wäre genau das, was ich jetzt brauchen könnte.

Der Kellner kam nach einem kurzen Nicken von Omar von der provisorischen Bar herüber und stellte einen runden Beistelltisch zwischen Franziskas Liege und Omars Korbstuhl.

Als die kühlen Getränke vor ihnen standen, nahm Omar ihre Hand und bestaunte ihre leichte Bräune.

Wie wäre es, wenn wir die restlichen Tage Deines

Urlaubs in Assuan verbringen würden. Ich denke Deine Tochter wird sich darüber freuen noch ein paar Tage mit ihrem Kapitän alleine zu verbringen.

Ich muss allerdings noch für 3-4 Tage anschließend nach Kairo fahren, aber wir könnten den Nachtzug nehmen und verschlafen so die lange Strecke.

Bei der Gelegenheit möchte ich mich in Assuan nach den Baugrundstücken auf dem Westufer erkundigen. Ich habe Dir doch davon erzählt, dass von Seiten der Regierung ein großes Areal dort zur Bebauung freigegeben wurde.
Er nahm nervös einen großen Schluck seines Mangosaftes.

Könntest Du Dir vorstellen, dort in einigen Jahren zu leben?

Und wie sie das konnte.
Franziska, du darfst jetzt nicht wie ein Teenager: jaaaa ich will schreien.

Ja, mit dem richtigen Mann an meiner Seite kann ich mir das sehr gut vorstellen………